「……レオナ」
その声で、顔を上に向けた。口を塞がれ、甘く舌を絡められる。中にあるものがドクンと脈打ち、タールグの無数の種がレオナにまかれた。それが形になることは決してないが、レオナの世界はよりはっきりと、豊かになる。

冷酷な覇王の予期せぬ溺愛

佐竹 笙

23398

角川ルビー文庫

目次

口絵・本文イラスト／森原八鹿

これまで、レオナ＝ナジク・ユクステールの世界はいつもぐちゃぐちゃだった。

レオナには一枚の葉も一人の人間も同じくらい価値のあるものだったし、黄金虫《こがねむし》の羽ばたくブーンという音と、文字を教える教師の言葉はよく似ていて、いつも耳の下をぞわりとかすめるものだった。

でも他《ほか》の人にはそうではないらしい、ということがわかってきたのは十四歳ごろのことだ。レオナ以外の人にとっては、一枚の葉は取るに足りないものでしかなく、文字を教える言葉はちゃんと意味を持つものとして聞こえるらしい。

でもそれから十年経《た》った今でも、レオナの世界は相変わらずぐちゃぐちゃだ。

この世の中にはさまざまな音や色が溢《あふ》れ、常に囁《ささや》きかけてきて、何がいいものか悪いものか、何が大事でそうでないかの区別をつけられないまま、レオナは絶えず混乱していた。足元はおぼつかなくて、しょっちゅう転んでしまい、空と大地は簡単に反転する。たとえるなら、そんな毎日。

それはまるで巨大《きょだい》でぶよぶよの芋虫《いもむし》の上を歩かされているような、不安定で不快な日々だった。それでもなんとか自分で歩いているつもりだったのに、いつのまにかどこかに運ばれていて、気がついたら知らない国にいる。

ユクステール王国の第二王子であるレオナは、不可侵《ふかしん》条約を結んだ帝国《ていこく》・カリアプトに人質《ひとじち》として差し出されることになったのだった。

レオナは一人、石造りの広間に通されていた。装飾《そうしょく》の少ない武骨な空間は、それほど大きくはない。中央に置かれた長い卓《つくえ》には、いろいろな髪《かみ》の色をした、年齢《ねんれい》もさまざまな男たちが十二人座っている。

その中には自分と同じ黒い髪の者もいて、レオナは無意識のうちにホッとした。ここに来る前には伴《とも》の者たちが大勢いたのに、宮殿《きゅうでん》に入ってすぐに引き離《はな》されたのだ。卓には、長い辺に六人ずつが向かい合って腰《こし》かけており、レオナは短辺にあたるもっとも下座の席に案内された。その向かいの席は空いている。レオナは落ち着かない気持ちで、その席に座るであろう男――この国の皇帝《こうてい》を待っていた。

タールグ・マト・カイリアーク。六ヵ国が覇《は》権《けん》を争っていた大陸の西側を二年前に制し、見る間に大帝国を築き上げた男。今のレオナの歳《とし》に、タールグは皇帝になっている。それを考えただけで、頭がくらくらした。

二十六歳の若き覇王《はおう》は、戦《いくさ》上手で野心家の、抜《ぬ》け目ない冷酷《れいこく》な人間だという。

大陸の東側を長い間支配するユクステール王国にとっては脅威《きょうい》以外の何物でもなく、父王や大臣たちは常に神経を尖《とが》らせて、西側六ヵ国の争いを注視していた。そして密《ひそ》かに武力援助《えんじょ》していた国が陥《おと》された時、ユクステールでは当然帝国との交戦も逃《のが》れ得ず、という論が沸《わ》きたった。母国をあちこち放浪《ほうろう》していたレオナは、宿の食堂でもそういう噂《うわさ》を聞いた。

そんな中突如《とつじょ》呼び戻《もど》され、帝国と不可侵条約を結んだこと、皇帝の妹がこちらに嫁《とつ》いでくること、ユクステールからはレオナが帝国に赴《おもむ》くことを父王から告げられたのだ。まったく寝耳《ねみみ》に水の話だったが、レオナが嫌《いや》と言えるはずもなかった。

愚鈍《ぐどん》なくせに、国教に背《そむ》いて同性と情を通じた恥《は》ずべき第二王子。父も含《ふく》めて、ユクステールの誰《だれ》もがそう思っている。この国にいなくてよい存在なのだと改めて突《つ》きつけられた気がしてひどくショックだったが、それも当然かと、心のどこかで納得《なっとく》してもいた。


広間に座る十二人の男たちは、皆《みな》それぞれ違《ちが》った表情でレオナを見つめていた。ある者は探《さぐ》る目つきで、ある者は嘲《あざけ》りを含んだ顔で。

誰かと目が合うと、レオナは曖昧《あいまい》に微笑《ほほえ》んだ。その反応も一様ではなく、お返しに口元を綻《ほころ》ばせる人もいれば、無表情のままの者もいたし、小馬鹿《こばか》にしたように笑う者もいた。でもそういう反応も慣れている。レオナは王子という立場だったが、いつも、どんな相手にも、同じように微笑んだ。相手を怒《おこ》らせずに、うまくやりたいと思う心がそうさせるのだろう。レオナは言葉の裏を読んだり、表情のわずかな違いで相手の考えていることを察するのが苦手だった。とりあえず最初に笑いかければ、あからさまに敵意を示されることはない。

突然《とつぜん》、男たちがいっせいに立ち上がった。レオナは呆気《あっけ》に取られたが、ハッと気づいて立ち上がった。皇帝がやってきたのだ。

どんな人なのだろう。ドキドキと心臓が鳴った。

背後の入り口から背の高い男がやってくる。彼は数人の護衛を引き連れて、空いている席に大股《おおまた》で向かった。あまり色のない空間で、金の髪が厳《おごそ》かに光っている。

広間の空気が一瞬《いっしゅん》で変わった。誰もが——この場には皇帝よりもはるかに歳をとった者が多いのに——緊張《きんちょう》していた。土臭《つちくさ》くひんやりした部屋の空気が、より一層引き締《し》まったように思えた。

皇帝は、ユクステールの王族や貴族とは違い、装飾の少ない、青い服を着ていた。マントも王冠《おうかん》もなく、腰には護身用と思われる短銃《たんじゅう》と小剣《しょうけん》を下げている。

服を見てから視線を上げると、皇帝タールグ・マト・カイリアークはまっすぐにレオナを見つめていた。その顔は驚《おどろ》くほど整っていたが、青い瞳《ひとみ》は明け方の空のように冷え冷えとしていた。その視線の、容赦《ようしゃ》ない強さ。目が合ったのに曖昧に微笑むことすらできず、レオナは萎縮《いしゅく》した。まるで温かい土の中に、冷たい金属を突っ込まれたみたいだった。

皇帝が座ると、男たちも腰を下ろした。つられて座ったレオナの横に、音もなく初老の男がやってくる。通訳だった。

皇帝が何か長いことしゃべるのを、レオナはどういう顔をしていいのかわからずに聞いていた。もちろん通訳が逐一《ちくいち》伝えてくれるのだが、儀礼《ぎれい》的な挨拶《あいさつ》や口上はよくわからない。

皇帝はさほど大きな声でしゃべっているわけでもないのに、恐《おそ》ろしいほどよく通る声をして

いた。それだけでも威圧感《いあつかん》は十分だ。

想像以上にいかめしい相手だった。実は母国から手土産《てみやげ》を持ってきていたのだが、軽々しく話しかけられる雰囲気《ふんいき》ではない。

とはいえ、実はその手土産もどこに行ってしまったのかわからなかった。この宮殿についてすぐに「お疲《つか》れでしょう」と湯浴《ゆあ》みさせられ、用意されていた服に着替《きが》えさせられて、自分の物はすべてなくなってしまったのだ。服も、付き人も、その時のレオナにとっては大事だった手土産も。手土産に関しては、結果的にそれでよかったのかもしれないが。

そんなことをぼんやり考えているうち、紙とペンがやってきて、サインをしろと言われた。

レオナと共にやってきた付き人たちを、母国へ帰らせることへの同意書だった。

通訳されたところによれば、「決して疑うわけではないが、帝国は戦を終えたばかりで、あらゆる諜報《ちょうほう》活動に神経を尖らせているため」だという。

実際疑っているじゃないか、と思ってから、あの湯浴みも身体《からだ》改めの一種だったのかと気がついた。

皇帝の妹は、花嫁《はなよめ》としてユクステール王国から諸手《もろて》を挙げて歓迎《かんげい》されたのに。

レオナの心に、諦《あきら》めに似た悲しみがじわりと染《し》みた。

結局どこに行っても、居心地《いごこち》の悪さは変わらない。でもそれは周りが悪いのではなく、自分が出来の悪い人間だからだ。もっと賢《かしこ》く生まれ、うまく立ち回れれば人生は違うものになったのだろうか。

しかしそんなレオナの心を読んだように、皇帝は「ここでは何一つ不自由ない暮らしを約束しよう」と言った。

今ここで同意書に目を通して、不明な点は訊《き》いてほしいという。文書は両国の言葉で書かれているらしい。でもそれを理解することは難しかった。

レオナは、文を読むことができない。同じ行を何度も読んでしまったり、単語を飛ばして読んでしまったりする。何度教えられても、うまくできないのだ。加えて、文字を書くのも苦手だった。だがそれを悟《さと》られてはまずいだろう。

レオナは震《ふる》える手で、なんとか自分の名前を書き終えた。

弟王子から口を酸《す》っぱくして言われていたのだ。せめてサインだけはできるようにしておいてくれと。

乗馬も剣も射撃《しゃげき》も満足にできず、かといって本も読めないレオナは、成長するにつれて「頭が足りない」「うすのろ」と陰《かげ》でよく嘲られたが、母を同じくする弟、第三王子だけがレオナを気にかけてくれていた。

今はその唯一《ゆいいつ》の味方もいない。愚《おろ》かな自分がこの異国でうまくやっていける見通しなんて、これっぽっちもなかった。

皇帝は、一通り言うべきことが終わったのか沈黙《ちんもく》した。通訳がうまい頃合《ころあ》いを見計らって、

「手土産をお持ちだとか」と水を向ける。

レオナはビクッとした。皇帝が何かを指示し、しばらくしてレオナがこの国に持参した小さい布袋《ぬのぶくろ》がやってきた。でもこの雰囲気で、それを見せるのは嫌だった。二人きりでならともかく、こんな衆人環視《しゅうじんかんし》の中で。

いたたまれない気持ちになりながら、レオナは仕方なく袋の中身を手のひらに出して見せた。

全員が小さな茶色の粒《つぶ》を凝視《ぎょうし》する。広間には恐ろしいほどの沈黙が訪《おとず》れた。

「………それは？」

皇帝は少し眉《まゆ》を寄せ、訝《いぶか》しむように訊いた。

「た、種です」

レオナは口の中に溜《た》まった唾《つば》を飲み下してから言った。

その瞬間《しゅんかん》、プッという息が漏《も》れる音がかすかに左手から聞こえた。皇帝が冷ややかな声を上げる。

「……何がおかしい？　オルガ将軍」

皇帝が射るような視線を向けると、いかつい熊《くま》のような大男は即座《そくざ》に表情を引き締めた。

「いえ。失礼しました」

「いや。なぜ笑ったのか、理由を述べろ」

皇帝《こうてい》は淡々《たんたん》と言った。将軍が口をもぞもぞと動かすと、唇《くちびる》をぐるりと囲む強《こわ》い口髭《くちひげ》も、毛虫のように動いた。

「その、ユクステールという大国から来られて、ずいぶん素朴《そぼく》な手土産だと。とんだご無礼をいたしました」

皇帝はすぐに視線をレオナに戻した。ここまで来て、レオナはようやく自分が馬鹿《ばか》にされていたのかと気がついた。どうしていいかわからず黙《だま》っていると、「なんの種なのか」と皇帝が促《うなが》した。

「……砂糖大根の一種です」

皇帝は少し興味を持ったようにうなずいた。

「母国で、寒さに強いものを作れないか試《ため》していました。ユクステール王国は南北に長いですが、カリアプトは北寄りで東西に広いから……」

これまで砂糖大根は温かい地域でしか作れなかった。砂糖は王国南方の特産品だ。カリアプト帝国が成立する前から、北方の国々に売ってもいる。これを北の地域でも作れれば、穀物の育ちにくい年でも飢《う》えがしのげるのではないだろうか。カリアプトの人々は、戦続きで蓄《たくわ》えのない人も多いだろう。砂糖にすれば、穀物より保存性もいい。

愚鈍《ぐどん》だと言われて育ったレオナは、少しでも人々の役に立つことをしたかった。それで見つけたのが、農産物の改良という道だった。

少しずつ寒い地域に植えていって、残ったものをまた植えてという試みを十年やっている。

だからこの帝国でも、自分が改良した種を蒔《ま》いてみたいのだ。

「これをここで育ててみたくて……」

「なるほど」

皇帝は少し顎《あご》を上げて、話を切り上げるように小さくうなずいた。

「ではそれをまくための場所を用意しよう。付き人も」

皇帝との面会はそれで終わった。

タールグは、人質《ひとじち》としてやってきた第二王子・レオナ＝ナジク・ユクステールが広間から完全に退出するのを見届けると、背もたれに体を預けて足を組んだ。

王子がこちらに来る前に、タールグはその人となりをすべて調べ上げている。諜報活動は国の基本だ。ここにいる十二人には、王子について得られた内容をすでに周知していた。

二十四歳で字も読めない、知能に問題のある人間。五人いる王子の中で、王位継承《けいしょう》からもっとも遠い地位にいる第二王子。十六歳の時に付き人の男と口づけしていたところを咎《とが》められ、公開裁判にまでかけられた過去がある。ユクステールは国教で同性愛を禁じているのだ。

「あの王子をどう思う？　アッバス」

タールグはすぐ近くに座る外務大臣に訊いた。

三十そこその外務大臣は、「聞いていたほど、愚かではなさそうかと」と簡潔に答えた。

タールグは小さくうなずき、王子の様子を思い出した。

黒い髪《かみ》に日焼けて黄ばんだ肌《はだ》。顔は美しくも醜《みにく》くもなく、深い緑の目はどんよりと暗い。体は細く、カリアプトの人間よりもひとまわりは小さいだろう。

オドオドしていて、愛想笑《あいそわら》いをしながら常に周りの顔色を窺《うかが》っている。案外用心深いのだ。その警戒心《けいかいしん》の強い様子は、イタチを思わせた。ぬるりと長いイタチの体型が、あの王子のつかみどころのなさとどこか重なる。だがかわいらしく見えても、イタチは肉食獣《にくしょくじゅう》だ。

王子が農産物に通じているというのは報告になかったが、その分野には本当に明るいのだろう。説明の時だけ、オドオドした態度が消えて目が輝《かがや》いた。だがあの持参した種にいったい何の目的があるのか。彼の言葉通りなら確かにカリアプトには益をもたらすが、ユクステールの産業には長い目で見て損害を与《あた》えてしまう。その真意が今の段階ではわからない。

字が読めないというのも、いったいどこまで本当なのか。サインの時に手が震えていたが、それまで敵国とみなしていた国の中枢《ちゅうすう》でたった一人という状況《じょうきょう》を考えれば、別におかしなことでもない。だが大事なのは――その状況を王子はきちんと認識《にんしき》しているということだ。

愚鈍というのは見せかけで、誤った情報をわざとつかまされていたのではないか。顔を知っている者に検分させているから、替《か》え玉である可能性はかなり低い。王子は、こういう事態のために――つまりこちらを油断させるために、敢《あ》えて低い評価を流されていたのではないか。

体格的に恵《めぐ》まれているわけではないから、頭脳で敵の目を欺《あざむ》くよう育てられたという可能性は十分にある。

タールグの考えを見抜《みぬ》いたように、外務大臣が言った。

「王子の振《ふ》る舞《ま》いにおかしなところがないか、付き人に監視《かんし》させましょう。ちょうど私の部下にうってつけの男がいます。頭の回転がよく、すこぶる顔がいい」

この男こそ、頭の回転がいい。そういうところを買っている。はたして王子に同性愛傾向《けいこう》があるのか、美男を置くのは試金石になるだろう。仮に違《ちが》ったとしても、なんら問題もない。もしその傾向があるとしたら――母国で禁じられていた分、ハメを外す確率は高い。慣れない愛欲に溺《おぼ》れさせれば、御《ぎょ》しやすくなる。

同時に、この男の部下一人にその任を負わせるのも危険かと、タールグは冷静に計算した。得た情報をすべて握《にぎ》らせるのはよくない。部下の男が逆に王子に懐柔《かいじゅう》されて寝返《ねがえ》るとも限らず、またこの大臣が王子――ユクステールと通じるという可能性も、この先絶対にないとは言えないからだ。それなら、外務大臣と対立しがちな者から一人出させておくのもいいだろう。

「それでは身の回りを世話する者は大臣の選定に任せよう。オルガ将軍からは、護衛となる付き人候補を出すように。仮にも一国の王子の身を預かっているのだ。安全は最優先で確保せねばなるまい」

外務大臣は鼻白んだ顔をしたが、先ほどから青い顔をしていた将軍は、にわかに活気づいた。

「それなら、私がとりわけ目をかけている者を送りましょう。体格も顔も、気質も優《すぐ》れた男がいます。王子の好みはわからんが、自分とは正反対の屈強《くっきょう》な男に惹《ひ》かれるかもしれません。ひ弱な文官男よりも」

将軍はニヤニヤと笑いを浮《う》かべながら、自分より二十は若い大臣を見た。大臣は完全に無視を決め込んでいる。

若い外務大臣が下手に出れば、もう少し打ち解けるのだろうが、彼はそうしない。だからいつまでも将軍は子どもじみたからかいをする。だが将軍も、大臣を心から嫌《きら》っているわけではないのだ。その優秀《ゆうしゅう》さを認めてもいる。

タールグは、この将軍の単純さ、それゆえにある義侠心《ぎきょうしん》を評価していた。戦《いくさ》上手で義理堅《ぎりがた》く、情に脆《もろ》い。ここに賢《かしこ》さまで加われば、かえって厄介《やっかい》だ。君主が暗君か名君か、武人が判断する必要はない。

「では将軍に任せるとする。他《ほか》に何か、言い添《そ》えることがある者は？」

ぐるりと見回すように見せかけながら、タールグの目は注意深く別の大臣を探《さぐ》った。

今は四十になる国土開発大臣が好きなのは、十代後半の少年だ。大臣はいつものようにかすかに微笑《ほほえ》みを浮かべたままで、その表情に変化はない。将軍が男色について揶揄《やゆ》することがなかったからだろう。この二人が揉《も》めると、非常に面倒《めんどう》くさい。それを止められる人間は自分しかいないからだ。

二人の反りが合わないのは、将軍が皇帝を君主として盲信《もうしん》しているのに対し、大臣は皇帝を性的に好いているせいかもしれない。お互《たが》いに気に食わないのだ。

タールグは年上の大臣の下心を満たすことはせず、しかし不満を持たせることのないように引き立て、器用にあしらってきた。実際、彼は人心を束ねるのがうまく、新しい土地での行政に向いている。

今、大臣は昔ほどあからさまに秋波を出さない。かつては「抱《だ》いてほしい」と言われたこともあったが。こちらの年齢《ねんれい》が上がり、対象から外れてきたのだろう。だが顔が好みなのだと今でもよく口にする。タールグ自身、己《おのれ》の見た目の良さはよく認識していたが、それもまた武器の一つに過ぎなかった。

男であれ女であれ、不用意に体の関係など結ばない。何が命取りとなるかわからないからだ。好きか嫌いかで、人を判断したこともない。自分にとって――国にとって、使えるか使えないか。それがすべてだ。

もし王子に同性愛の傾向があるなら、同類は同じ匂《にお》いを嗅《か》ぎつけるだろうか。後で国土開発大臣を部屋に呼び、感じたことを語らせよう。二人で話すだけで、この男は満足する。逆に将軍は、他の人間の前で誉《ほ》めなければ、その自尊心が満たせない。

タールグは、一人の家臣に入れ込みすぎないよう、また派閥《はばつ》を作らせないよう、注意深く観察し、操《あやつ》ってきた。

ここには、さまざまな出自の者がいる。家臣となった時期も経緯《けいい》も違う。その多様性を認め、まとめることは、国そのものを統治することと同じだった。

カリアプトでは、宗教や性愛に関する規範《きはん》、言語などを強制することはない。異なる背景を持つ者が集まる大国で不満が溜《た》まれば、生まれたばかりの国はすぐにまた分裂《ぶんれつ》してしまう。

急速に領土を拡大した今は、なるべく内政に力を入れたい。だから大陸東側の大国・ユクステールと不可侵《ふかしん》条約を結んだが、もちろん警戒《けいかい》は怠《おこた》らず、領土的野心を捨ててもいなかった。

◆

レオナには、通訳の他に二人の付き人があてがわれた。

母国からの付き人たちは皆《みな》帰されたようだが、持ち物はちゃんと戻《もど》ってきたので安心した。

さらに、宮殿《きゅうでん》の広大な敷地《しきち》内の一角にある、小さな屋敷《やしき》と畑を使うことも許されている。

カリアプトでは、今は亡《な》き国が建設した古い宮殿を建て増しし、手を入れて使っているそうだ。この屋敷も昔は小離宮《しょうりきゅう》として使われていたらしいが、広い庭も畑も、今はほとんど手入れされていない。とはいえ、レオナにとっては充分《じゅうぶん》すぎるほどの設備だ。

本来は宮殿内の一室を居所とするように言われているのだが、なにせ時期は春真っ盛りである。ここに来てから三ヵ月、レオナは野っ原になっていたような畑を耕し、土を作り、せっかくなので荒《あ》れた庭にも手を入れ、日が暮れるまで作業していた。

「そろそろ戻りましょう」

日没《にちぼつ》を知らせる鐘《かね》が鳴り、護衛役の付き人、イーサン・ビョークが言った。通訳のガーフがその言葉をユクステール語でレオナに告げる。

「まだ明るいよ」

雑草をせっせと抜《ぬ》いていたレオナは、黄色い空を見上げてからイーサンに向いた。その褐色《かっしょく》の肌も光る銀髪《ぎんぱつ》も、まだはっきり見える。

「夕食のご用意がありますので」

イーサンは苦笑《くしょう》しながら言った。

「あの家で暮らせたら便利なんだけど」

レオナが小さな屋敷に目をやると、イーサンは真面目《まじめ》な顔で言った。

「あそこはあくまでも休憩《きゅうけい》場所です」

さらにもう一人の付き人、ケイジ・ストラトスが近くにやってきて、レオナがかぶるつばのひろい帽子《ぼうし》をそっと取った。

「警備の手《て》薄《うす》な場所で寝《ね》泊《と》まりされて、殿下《でんか》の御身《おんみ》に何かあっては、我々の責任になってしまいます。行きましょう」

皇帝《こうてい》と同じような金髪碧眼《へきがん》の男は、美しく微笑んだ。しかしそれを聞いたイーサンは、少し咎《とが》めるように言った。

「ストラトス補佐《ほさ》官、そのような物言いはいかがなものか。それでは殿下のご安全ではなく、まるで我々の立場保全のためにご移動をお願いしているようだ」

「殿下はお優《やさ》しいから、そういうふうに申し上げたほうがすぐに行動に移されると思ったんですよ。それに、あまり長時間外に出ているのは、通訳には大変かと」

レオナはハッと気がついて、近くに控《ひか》えていた六十歳の通訳、ガーフを見た。古びたモップのような通訳は慌《あわ》てたように首を横に振ったが、目はしょぼしょぼしている。

レオナはまだこちらの言葉が話せないから、通訳が朝から晩までずっとそばにいるのだ。農作業はしていないが、体は疲《つか》れるだろう。

イーサンはケイジの言葉に少し不満そうだったが、レオナが立ち上がろうとするのを見てすぐに手を取った。

「大丈夫《だいじょうぶ》。あと、いつも言ってるけど、殿下じゃなくてレオナでいい」

レオナはイーサンの手をほどくと、土で汚《よご》れた尻《しり》をパンパンとはたいた。レオナの言葉を通訳を介《かい》して聞いたイーサンは、「さすがにそれは……」と困った顔をした。

「ではレオナ様、はどうですか」

ケイジがすかさず会話に割って入り、レオナは笑ってうなずいた。

「レオナ様、参りましょう」

ケイジはにっこりと笑い、さりげなくレオナの背に手を当てて誘導《ゆうどう》した。

ここから宮殿の居室まで、歩くと二十分ほどはかかる。レオナは馬には乗れないし、馬車を出してもらっても遠回りになってしまうから、かかる時間は変わらない。だから歩いている。

レオナは通訳のガーフに「明日《あした》からは、もう少し早く切り上げるから」と言った。

「ずっと外にいて、また歩くのは大変でしょう。ごめんなさい」

ガーフはしょぼしょぼした目を見開いた。

「いいえ、滅相《めっそう》もございません。私のことは結構ですから」

ケイジもイーサンも、驚《おどろ》いた顔をしてからお互いに目を見交《みか》わして、困ったように笑った。

レオナは、なぜ二人が笑ったのかよくわからなかった。ガーフとは、ユクステールの言葉で話していたから会話はわからないはずなのだが。でも二人の笑顔《えがお》は、レオナを不安にさせるものではなかった。

畑を出て歩き始めると、ケイジが先導し、イーサンがすぐ後ろにつく。さらにその後ろを通訳のガーフが、そのもう少し後を五人の護衛兵がついてくる。母国ではこんなに厳重に警備されていたことなんてなかった。

大人数になってしまって悪いなと思うが、二人の付き人はいつもあれこれと気を回し、本当によくしてくれる。

最初は畑仕事を始めるレオナに驚いていたが、今は二人とも手伝っていた。特にイーサンは率先《そっせん》して土や重いものを運び、さらには部下数人を駆《か》り出して、畑の開墾《かいこん》にあたらせている。

レオナと同い年のイーサンはいかにも武官らしい豪放《ごうほう》な魅力《みりょく》があり、二歳上のケイジは甘い顔立ちに笑みを始終浮《う》かべていた。二人とも歳《とし》は近いから、通訳を介してとはいえ、話すのは気楽だ。レオナはすぐにこの付き人たちを好きになった。だからどちらか一方と二人きりにならないよう、細心の注意を払《はら》っていた。

レオナには苦い過去がある。

十六歳のころ、付き人だった二十歳《はたち》の男も、とてもよくしてくれた。その彼と恋愛《れんあい》関係にあるとして、裁かれたのだ。

親族は年を追うごとにレオナを馬鹿《ばか》にしていたから、他《ほか》の貴族との交流も許されず、周りにいたのは年老いた使用人ばかりだった。若い人と親しくするのは初めてで、優しい言葉をかけてもらえて、舞《ま》い上がったのかもしれない。

向こうもその気持ちに気がついたのだろう。レオナが自分の感情を言葉にしたことはなかったけれど、有能な付き人は、ふと軽い口づけをプレゼントした。でもそこはあいにく外で、しかも運の悪いことに兄の第一王子がそれを目撃《もくげき》し、大問題になったのだ。

母を同じくする弟の第三王子だけはレオナをかばったが、結局第一王子が問題視し、公開裁判となってしまった。王室の風紀の乱れが国民の大きな不満となっている現状を考えれば、隠《かく》すのはかえってよくないということだった。

レオナの母はすでに亡くなっていたから、父王と現妃《きさき》、親戚《しんせき》である有力貴族たちが見守る中、レオナは行動や感情をすべて述べさせられた。付き人のことを、好いていたと。

口づけの理由を尋問《じんもん》された付き人の男は、「そうしないといけないと思った」と言い、最終的に国外追放となった。あくまでも臣下として献身《けんしん》的に仕えていたのに、レオナがそれを勘違《かんちが》いしてしまったのだという。

レオナは王族ゆえに厳罰《げんばつ》には処せられなかったものの、第二位だった王位継承《けいしょう》権は引き下げられ、第五位になることが決まった。裁判の様子は事細かに報じられ、王家の醜聞《しゅうぶん》として国内に広まった。

国教に背《そむ》くことは罪になる。でも、どうして人を好きになっただけで裁かれなければいけないのか、今もよく理解できていない。

ただ、みんなの前で大司教に長時間尋問されて、そのうち自分の気持ちまでもがあやふやになり、そう言われればそんな気もすると認めていたら、それは恥《は》ずべきことだと断罪されるに至った。

相手を好きだったのは本当だけれど、大司教が言うような「邪《よこしま》なる肉の劣情《れつじょう》」だったのか、ちょっとわからない。口づけをしたいと自分から思ったのかどうかも、覚えていない。

ただ、とにかく恥ずかしい人間であると烙印《らくいん》を押されたことは、よくわかった。そのことを忘れず、もうそんな思いを他の人には抱《いだ》かないようにしようと、固く決意した。

自分のせいで、一人の人生が狂《くる》ってしまったのだ。レオナはそのことをずっと悔《く》いている。

人として出来が悪いくせに地位だけは高い自分に関《かか》わると、相手を大変な目に遭《あ》わせてしまうことがある。だが今だって、相手に対する自然な好意がどう悪く作用するのか、レオナには読みきれない。裏を読んだり、表情から本心を探《さぐ》ることができないから。

今の付き人、イーサンもケイジも驚くほど美形だから、また変な噂《うわさ》になるのも困る。母国にまでそれが届いたらと思うと、暗澹《あんたん》たる気持ちになる。

前の一件でさすがにレオナも学習した。付き人が親切なのは、それが彼らの仕事だからである。自分に特別な好意があるわけではない。十六歳の時だって、あれが仕事からくる態度と最初からわかっていれば、もう少し違《ちが》った接し方になっていただろう。

今だって二人のことは人として好きだから、誤解を招くような行動は絶対にしないよう、気をつけなければいけないのだ。

レオナは宮殿《きゅうでん》へと歩きながら、何度も心の中で自分に言い聞かせた。

夜、一日の公務をすべて終えたタールグは、寝室《しんしつ》の隣《となり》にある小さな部屋で王子についての報告書を読んでいた。

将軍と外務大臣を通じて、それぞれの配下の付き人から定期的に報告を上げさせている。

その内容に食い違いはないかだけ流し見た後、通訳からの日報にじっくりと目を通した。

王子がどこで何をして、誰《だれ》とどんなことを話したか、何を食べたか、すべて時系列で細かく記録させている。

王子は相変わらず畑仕事に精を出しており、付き人たちともうまくやっているようだった。「うまく」というのは、あしらいが長《た》けているという意味で、だ。

この三ヵ月、付き人のイーサン・ビョーク護衛官とケイジ・ストラトス補佐官は、相手を出し抜《ぬ》いて自分を売り込もうと水面下での鞘当《さやあ》てを繰《く》り広げている。

王子はそれに気づかぬふりをして、どちらか一方に肩入《かたい》れせず、通訳のガーフや護衛兵も含《ふく》めてみんなに愛想《あいそ》よく接していた。

最初は二人の攻勢《こうせい》に本当に気がついていないのかと思っていたが、ガーフに「誰かと二人きりの状況《じょうきょう》にならないよう、常に一緒《いっしょ》にいてほしい」とこっそり頼《たの》んだという記述を読んで、王子に対する疑惑《ぎわく》は確信に変わった。

やはりレオナ＝ナジク・ユクステールは、愚鈍《ぐどん》な人間ではないだろう。鈍感なふりをしているだけだ。

おまけに昨日は、「歩くのは大変でしょう」と通訳に気遣《きづか》いを見せたことで、付き人二人は王子を評価し、素直《すなお》に好感を抱いたようだった。だがそれも向こうの作戦だろう。二人の付き人のほうが、王子に落とされている。

護衛官も補佐官も、形式的には通訳を介して話をしているが、実はユクステールの言葉に通じている。だから王子が通訳と話す内容も、すべて理解していた。そのことに王子も薄々《うすうす》気がついているのだろう。それを悟《さと》らせないために、周囲に会話を教えてもらい、こちらの言葉をどんどん覚えているふりをしているに違いない。何しろガーフも舌を巻くほどの習得の早さなのだから。きっと、もともと話せるが隠しているのだ。

今や簡単な挨拶《あいさつ》ならこちらの共通語でするようになり、それも護衛兵たちの好感度獲得《かくとく》につながっているという。

何ヵ国語も話せるのに字が読めないという「設定」は、ちょっと無理がある。字もわからないふりをしている可能性が高い。やはりかなりの切れ者なのではないか。

ユクステールと違い、カリアプトは多民族国家だ。数ヵ国語を話す人間は多く、タールグ自身も言語には堪能《たんのう》だった。当然、ユクステールの言葉も話せるし読むことができる。長い文章をなめらかに書くことは難しいが。

しかし生きるために語学を身につけざるを得なかったタールグとは違い、ユクステールの王族なら、小さなころから家庭教師をつけて習得させることなど簡単だろう。

その時、来訪者を告げるノックが響《ひび》いた。

「入れ」

夜に来るよう命じていた、ガーフだった。

「今日は菜園から早く帰ったか？　あの王子は」

ガーフは椅子《いす》に腰《こし》かけて言った。

「ええ。お言葉通りに。その代わり、あの屋敷《やしき》で寝泊《ねと》まりできないか、補佐《ほさ》官に頼んでいました。報告の通りです」

「まだそこまで読めていないが、補佐官から大臣を通してその要望は受けた。許可する前に、明日、直《じか》に王子の様子を見に行こうと考えている」

ガーフはしょぼしょぼした目を見開いた。

「王子には知らせずにな。遠くから確認《かくにん》するだけだ」

通訳は納得《なっとく》したように小さく笑った。

彼との付き合いは長い。何も持たなかった少年のころからずいぶん世話になった。タールグの語学の教師でもある。だが政治に関わらせたことはなく、本人にもその気はない。

帝位《ていい》についてからは、ガーフには年金を与《あた》えて手紙だけのやりとりをしていたが、王子が来るのに合わせて通訳に任じ、宮殿に呼んだ。適任だと思った。

前は二ヵ月に一度送られる日記のような手紙が市井《しせい》の様子を知るのに役立っていたが、今はそれが王子の動向に変わっただけだ。この通訳との結びつきは、大臣や将軍でさえ知らない。

「……意見を聞かせてくれ。王子は、母国で言われていたように愚《おろ》かな人間か？」

ガーフは天井《てんじょう》に目をやり、少しの間しょぼしょぼと目をしばたたいていた。

「知能が劣《おと》っているとは、感じませんな。でも字が読めないのは本当だと思います」

「なぜ？」

「こちらの言葉を耳からすぐ覚えてしまわれるので、読むほうもお教えしようとしたら、僕は字が読めないんだと恥ずかしそうに告白されたのです」

それだけでは証左にならないと思ったが、少なくともやつが嘘《うそ》を言っているようには見えなかったのだろう。真実を言っているのか、稀代《きたい》の役者か。タールグは続けさせた。

「男色家か？」

ガーフは白いものの交じる眉《まゆ》をぐっと寄せた。

「さぁ、それもあまり……。護衛官と補佐官のほうが色目を使っているので、よっぽどそう見えますな」

だが二人とも、男に興味はない。大臣と将軍を通じ、そこは念入りに確認してから、今回の任に命じている。だがお互《たが》いにそれは知らされていないから、通訳の目から見ても男が好きそうに見えるなら、余計に相手を出し抜こうとするだろう。それでいい。

「ただ、殿下《でんか》はみんなに親切です。護衛兵の中には、感激している者もおりました。そもそも私は貴族とか王族というのは、陛下以外、あまり会ったこともないのでわかりませんが、あんなふうに身分の分け隔《へだ》てなく接するものなのでしょうかな、ユクステールの王族は」

「それは考えにくいが」

ユクステールは二百年以上も続く大国で、長年戦乱がないために富み、優《すぐ》れた文化や技術を生んだ。一方で、王家や貴族も肥えて、奢侈《しゃし》な生活に国民の不満が高まっているとも聞いている。内戦がいつ始まってもおかしくないくらいには。

レオナは王の直系である第二王子だ。贅沢《ぜいたく》な生活は生まれた時から当たり前だっただろう。だから庶民《しょみん》のするような畑仕事をしたいと思うのだ。物珍《ものめずら》しいから。恐怖《きょうふ》と窮乏《きゅうぼう》の少年期を過ごした自分とは、なにもかも違う。

タールグはそこまで思ってから、ふと自分の中に嫉妬《しっと》めいた感情があることに気がついた。

——俺らしくもない。

タールグはふと口元を緩《ゆる》めた。そういう生々しい感情は、正確な判断の妨《さまた》げになる。だがそれを自覚すれば、自分の中で処理のしようはある。

あの貧相な男に嫉妬など、よく考えたら笑ってしまう。すべてにおいて、今の自分はあの王子よりも上なのに。タールグは思考を戻《もど》した。

第一王子と第二王子レオナは母親が違う。第一王子の母は王のお手つきとなった侍女《じじょ》だったが、王の寵愛《ちょうあい》は深く、大貴族と養子縁組《えんぐみ》させて身辺を整えさせた。しかし正妃《せいひ》とはならなかった。ほぼ同時期に、レオナの母である貴族の娘《むすめ》と結婚《けっこん》したからだ。ただ、彼女はレオナの弟となる第三王子を産む時に亡《な》くなっている。

その後、王は侍女だった愛人の女を正妃に迎《むか》え、彼女との息子《むすこ》を第一王子とした。確かに生まれはレオナより少し早かったらしいのだが。

タールグは顎《あご》に手をやり、考えこんだ。

第二王子の王位継承《けいしょう》権は、同性愛事件によって実質剝奪《はくだつ》された。これは、仕組まれたものだったのだろうか？　今回こちらに人質《ひとじち》となってやってきたのは、国外追放に近い処分だったのだろうか？

いや、そうだとすると、ユクステールは負の可能性を何も考慮《こうりょ》していないことになる。王子がその処分に不満を抱《いだ》いていた場合、こちらに寝返《ねがえ》ることは十分に考えられるのだ。そんな浅はかな判断をするだろうか。

やはり、王子はユクステールから送り込まれたと考えるほうが自然だ。愚かなふりをして母国に益をもたらすのか？　非常に難しい役回りだ。思ったより手強《てごわ》い相手かもしれない。

だがそれをする見返りには、何があるのだろう。

ガーフが、温かく落ち着いた声で言った。

「王子殿下は……たぶん恐《おそ》れているのです。前のようなことになるのを。護衛官や補佐官の媚《こ》びた笑顔《えがお》を受けても、特に感情の変化があるように見えませんが、二人きりになろうとするのは、きちんと避《さ》けておられる。だから、もしかしたら、昔は本当にその付き人を好きだったのかもしれません」

「……論理展開がわからない」

ガーフは珍《めずら》しく、口を開けて大笑いした。

「その元付き人に義理立てしているか、あるいはまた誰《だれ》かを好きにならないよう自制しているのではと思ったのですよ。じじいの勘《かん》ですが」

タールグの中で、ふとある可能性が浮《う》かび上がった。

やつが欲《ほっ》するもの——それは、その恋人《こいびと》だったらしい付き人の男なのではないか？　国外追放された男なら、こちらで接触《せっしょく》の機会があると考えたのかもしれない。それと引き換《か》えに、人質となることを了承《りょうしょう》した可能性もある。

すぐにその元付き人の行方《ゆくえ》を調査しよう。タールグは手元の紙に「明日やるべきこと」としてしたためた。

◆

離宮《りきゅう》の屋敷で寝泊まりすることが許されてから、さらに二ヵ月が経《た》ち、レオナの毎日は一層充実《じゅうじつ》していた。

この国は母国とは違《ちが》い、建物も服もあまり華美《かび》ではない。レオナは人工的な色や光、音や匂《にお》いに弱いから、それだけでずいぶん楽だった。ぐちゃぐちゃになりやすい世界が、だいぶおとなしくなってきた気がする。

早朝からの畑仕事と朝食を終えて、みんなで食後のお茶を飲んでいると、付き人のケイジが言いにくそうに切り出した。

「レオナ様、もう少し人手を増やしたいと思うのですが」

「いいね」

前にいた護衛兵は、せっかく慣れてきたと思ったころに入れ替《か》わってしまったのだ。

「それなら、前にここにいた人たちを戻してもらえないかな？　気心が知れてるし、もう少し庭のほうも手を入れたいと思ってたんだ」

「いえ、あの……屋敷《やしき》の片付けなどをする者を増やしたいと思うのです」

ケイジが、気まずそうに言った。

「あっ……なるほどね……」

レオナはオドオドと視線を下にさまよわせた。

国じゅうを放浪《ほうろう》していたころ、年老いた付き人にいつも怒《おこ》られていた。あまりちらかさないでくださいと。とにかくレオナがいると、部屋が物で溢《あふ》れかえり、常に片付けに追われて大変らしい。

その役は今、ケイジが担《にな》っている。……気がする。

「ごめん……自分でも嫌《いや》になるんだけど、本当に片付けができないんだ」

放浪していた時の付き人は、旅先で集めた植物の標本の分類も、レオナの面倒見《めんどうみ》もしなければいけなかったから、大変だっただろう。

「王族であるあなたが、そんなことを気にされる必要はありません」

ケイジが驚《おどろ》いたように言った。隣《となり》に座るイーサンが、そっとレオナの手に手を重ねる。

「レオナ様が望まれるなら、護衛兵を戻して、少し数を増やしても構いませんよ。人の目が多いほうが、安全ではあるので。上官に掛《か》け合ってみます」

「ありがとう」

「いえ……当然のことですよ?」

イーサンは眉を寄せてから、ケイジと目を見交《みか》わした。

二人は、会ったころのようにニコニコしない。最近は、こうして不可解そうに二人で顔を見合わせることのほうが多い。

たぶん、思い描《えが》いていた王族の像とは違っているのだろう。でもこれが本来の自分だから、取り繕《つくろ》っても仕方がない。申し訳ないなと思うと、二人にしてあげられることを考えてしまう。

「今日の午後は、スープを作るよ」

イーサンの顔がパッと輝《かがや》いた。

「それは楽しみです! 庭のほうは、指示していただければこちらで片付けましょう」

「ビョーク、そんなに期待をあからさまに出しては、レオナ様に負担をかけるだろう」

ケイジが苦笑《くしょう》し、イーサンが頭を掻《か》いた。

「いや本当に、あれは美味《うま》いので」

レオナが思わず笑うと、その場にいたみんなも笑った。

畑に戻ったレオナは砂糖大根の畝《うね》に行き、育ち具合を確認《かくにん》した。この時期、葉はもっと青々と繁《しげ》らなければいけないのに、日に日に黄色くなっていく。日照は問題なさそうなのに。

「……根が冷えるのかな。もっと水はけのいい土にしないとダメなのかも。昨日の夜も雨だったよね？　同じ北のほうでも、ここはユクステールより雨が多いのか……」

独り言のように話すと、ガーフは黙《だま》って手元のノートに書きつけた。レオナの言ったことを記録し、作業日誌としてまとめてくれているのだ。

その時、畑の向こうで少しさざめきが起こった。ふと振《ふ》り向いたレオナは、狼《おおかみ》に出会った兎《うさぎ》のように一瞬《いっしゅん》固まった。

皇帝《こうてい》ターグ・マト・カイリアークが、突然《とつぜん》現れたのだ。

レオナは慌《あわ》てて立ち上がった。皇帝は最初に会った時と同じように、まっすぐレオナを見据《みす》えながら無表情で歩いてくる。その身からは、白い冷気が放たれているようだった。

「作物の成長具合はいかがか？　殿下《でんか》」

驚いたことに、皇帝はユクステールの言葉で語りかけてきた。通訳を挟《はさ》まずに会話してよいのかわからず、レオナはぽかんと突《つ》っ立っていた。

皇帝がすぐ目の前にやってくる。初めて近くで接すると、その背の高さが改めてよくわかった。遠目では細身に見えたが、肩《かた》や胸のあたりは筋肉質だ。レオナは気圧《けお》された。

奥まった瞳《ひとみ》は静かに深く青く、鼻梁《びりょう》は細い。顎が細く鼻筋が通った顔は、どこか犬や狼を思わせた。唇《くちびる》はまっすぐに結ばれて、色があまりない。

削《けず》り出したような荒々《あらあら》しさと、精妙《せいみょう》な美しさが奇跡《きせき》的な均衡《きんこう》を保っている。だがその冷たい眼差《まなざ》しに晒《さら》されて、まともに見返せる人は数少ないだろうと思えた。恐ろしく、でも美しい。

触《ふ》れたら手が切れそうな、鋭利《えいり》な刃物《はもの》のような。

レオナは目を地面に落とした。砂糖大根の、黄色く変色した苗《なえ》が見える。

「……うまくは、いっていません」

皇帝がしゃがみこみ、苗を見つめた。母国で父王が地面にしゃがむところなど見たことがなく、レオナは驚いた。

「やはりカリアプトで育てるのは難しいのか？」

皇帝が見上げるように訊《き》き、レオナは慌てて横にしゃがんだ。

「今年は、数個できればいい結果といえます。ここは春先に夜の雨が多いので、根が冷えて傷《いた》むのかもしれません。来年は、水はけのいい場所と土を選んで、時期ももう少し早めにまいてみようと思っています」

皇帝は黙って耳を傾《かたむ》けた後、他《ほか》の農産物についてもいくつか質問した。施政《しせい》者として、よく勉強している。

自分のやっていることに興味を持ってもらえたのはうれしかったが、皇帝はニコリともせず、無駄《むだ》な言葉も発しない。質問に答えるだけで緊張《きんちょう》して、冷や汗《あせ》が出た。

続けざまに短く質問を投げていた皇帝が、少し沈黙《ちんもく》した。何か気に障《さわ》ることを言ってしまったのだろうか。レオナはぐっと口をつぐんで苗を見ていた。

「……なぜ我が国に、この種をわざわざ持ってこられた？」

皇帝が、少し声を落として尋《たず》ねた。

「砂糖が作れれば、この国の人たちはもっと豊かな食生活を送れると思ったので……」

「ありがたい話だが、それではユクステールの産業はいずれ打撃《だげき》を受けるのでは？」

レオナはあっと気がついて、思わず皇帝を見た。でも正視できず、すぐに目を逸《そ》らした。

「……あまり考えていませんでした。それに……」

「それに？」

「どこの国か関係なく、国民が今より豊かな生活が送れるのは、よいことだと思うので」

皇帝が再び沈黙した。変に思われただろうか。レオナは焦《あせ》って、さらに言い募《つの》った。

「僕が王族として国のためにできることはなさそうなので……あの、あまり勉強ができなくて、いつも怒られていたんです。それで、本も読めないから、医学とかも無理だなって……。あ、あの医学は、人の役に立てるでしょう。でも他に広く人の役に立てることはないかと考えて、穀物とかの交配を始めたんです。ユクステールは南北に長いから、どこかで天候不良があっても、他の地域で作れていたら、被害《ひがい》は少なくなるし。昔、庭師のおじさんが花の改良をしているのを見て、興味を持って、野菜とかでもできないか、試《ため》してみたりしていて……時間がかかるけれど、うまく花が咲《さ》いたり実がなったりした時はうれしくて、だから」

「なるほど」

レオナの長い話は皇帝の一言で堰《せ》き止められた。いつもこうだ。なんとか自分の思っていることを伝えたくて、つい話しすぎてしまう。その結果、何を話していたのかよくわからなくなり、さらに余計に話してしまって、相手が呆気《あっけ》にとられたりする。

最近ではうまくやれているつもりだったのに。今は緊張しているからだ。

自分がまた恥《は》ずかしくなった。いつも頭が混乱してしまって、うまくいかない。世界はいつもぐちゃぐちゃのままだ。混沌《こんとん》とした世界に、羞恥《しゅうち》の意識に、押しつぶされそうになる。

「……すみません」

「なぜ謝る？」

皇帝が怪訝《けげん》な顔をした。

「つまらない話をしてしまって」

「今のはつまらない話なのか？」

レオナは不思議に思い、ふと横を見た。皇帝は、不可解だと言わんばかりの顔をしていた。

「ただの土いじりだから……」

今度ははっきりと、皇帝は不快そうな表情を浮《う》かべた。

「主要作物となるものの品種改良をすることがか？　成功すれば多くの民《たみ》を助けるだろう。偉《い》大《だい》な仕事だ」

その瞬間《しゅんかん》、レオナのぐちゃぐちゃだった世界が急に空と大地に分かれて、綺麗《きれい》に落ち着き、その真ん中にこのタールグ・マト・カイリアークという男だけがいた。まるで世界を作った神のように。

レオナはただただ、この圧倒《あっとう》的な存在を見つめていた。不安定な足場が、急にしっかりとしたように思えた。

今まで母国では、植物と「土いじり」が好きなだけだと思われていたし、レオナ自身も人の役に立ちたいという願望を口に出したことはない。愚《おろ》かで「恥ずかしい者」であった第二王子が、そんなことを言えるはずもなかった。

自分のやりたいことを口に出し、それを真面目《まじめ》に聞いてもらえて、肯定《こうてい》された。ただ地道に、一人で十年やっていたことを、誰《だれ》にも顧《かえり》みられることのなかったことを、偉大な仕事だと言ってもらえた。初めて他者から認められた瞬間は、鮮烈《せんれつ》すぎるほどの爪痕《つめあと》をレオナの中に残した。

急に、彼がこの若さで皇帝になった理由がわかった気がした。この人は、きっと相手を認めるのがうまいのだ。

さっきまでは怖《こわ》かったのに、今は少し違《ちが》う。いや、話をするのは怖いけれど、そういう人に認めてもらえたうれしさが、怖さを上回る。

一気に惹《ひ》かれている自分に気がつき、レオナは赤面した。さっきまでは自分を恥ずかしいと思っていたが、今の恥ずかしさは種類が違う。

赤くなり、動揺《どうよう》している自分を見られたくない。動揺しているのは、たぶんこの人が、自分の世界の中心になってしまったから。

——だめだ、僕はすぐに人を好きになりすぎる。

レオナは口をぎゅっと結んで、目の前の男から視線を逸らした。

相手は皇帝だ。母国に対抗《たいこう》しうるほどの大国を統《す》べる人だ。付き人とは訳が違う。レオナは、つい今しがた芽吹《めぶ》いた恋心《こいごころ》を、透明《とうめい》な指先で抜《ぬ》いて胸の奥に捨てた。

——この気持ちは、誰にも悟《さと》られてはならない。

レオナは、皇帝が一刻も早くこの場から立ち去ってくれないかと願った。

屋敷《やしき》に住むことを許してから二ヵ月、タールグは定期的に第二王子の様子を外から確認していた。

付き人の二人は、もうあからさまな態度を取ってはいない。タールグは報告でそれを把握《はあく》していたが、日中の彼らを垣間見《かいまみ》て、直接面談することにした。

直感は当たり、二人は王子にごく自然な親愛の情を抱《いだ》き、自分たちが守るべき主君であると認識し始めていた。たぶんだが——王子を騙《だま》すようなことを、したくなくなっているのだろう。

王子は二人に、清く正しく公平に接しているから。

それは護衛兵も同じだった。王子は、今や通訳なしで日常会話をするようになっていた。異国の王子は、感謝や謝罪を素直《すなお》に口にする。護衛兵は、情が移らないよう途中《とちゅう》から交替《こうたい》制にしたにもかかわらず、彼らの中で王子の評価は高く、この離宮《りきゅう》の警護職は羨望《せんぼう》の的となっていた。宮殿《きゅうでん》でずっと立ったままの仕事より、無駄話でもしながら畑仕事か庭の手入れをするほうがよっぽど楽しいだろう。しかも三時のおやつ付きだ。王子は庭や畑で採れたハーブや果物を使い、菓子《かし》を作って、茶とともに皆《みな》に振《ふ》る舞《ま》うという。

タールグはそれで懐柔《かいじゅう》される男たちに心底呆《あき》れた。

だがいつ見に行っても、報告と違《たが》わず、離宮にはほのぼのとした牧歌的な空気が漂《ただよ》っている。おまけに兵の一部は、料理の仕込みまでしていた。

そうして油断させ、無駄話をしやすい環境《かんきょう》にすることこそが、奴《やつ》の目的ではないのか。こちらの情報を収集するために違いない。

しかし自分の推測と、周囲の声や報告書から浮かび上がる王子の人物像には、大きな隔《へだ》たりがある。

現場に行って本人と直接話し、確かめるほかないだろう。タールグは数日前から公務を調整して時間を作り、通訳のガーフにも知らせず、まさに電撃《でんげき》訪問したのだった。

だが……畝《うね》の間にしゃがんだまま、タールグは考えあぐねていた。

王子は、賢《かしこ》いのか馬鹿《ばか》なのか。正直、すぐに判断がつかない。

農産物の知識は豊富だし、民を思い、自分にできることを模索《もさく》するさまは賢いといえるだろう。だがこれからやろうとしている砂糖大根の栽培《さいばい》が、自国の産業にどう影響《えいきょう》するのかまでは、本当に考えが至っていないように見えた。

それに農産物に関する質問には淀《よど》みなく答えられるのに、自分自身のことになると話すのはあまりうまくない。緊張《きんちょう》しているのかもしれない。耳が赤くなっていた。あれを意識的にできるなら、王子をやめて役者になったほうがいい。

そして一番よくわからなかったのは、王子が自分を卑下《ひげ》することだった。

つまらない話をしているという自覚があるなら、それを聞かせている相手のことはなんだと思っているのだろう。礼を欠く言葉ではないのか。

人の役に立つかもと思ってやっていることを、「ただの土いじり」と卑屈《ひくつ》に言えば、「そんなことはありませんよ」といつも返してもらえると思っているのか。

下手《したて》に出れば、その分つけあがる人間は一定数いる。レオナは一応王族だから、これまで深刻な目に遭《あ》わなかっただけだ。

その甘えが、タールグには非常に不快だった。だから敢《あ》えて言ってやった。相手の望む通りに。いや、それよりももっと大げさに。「偉大な仕事だ」と。

王子は驚《おどろ》いた顔をした。こっちがそんなふうに言うとは想像していなかったのだろう。

いつもオドオド逸《そ》らされる目が、初めてしっかりと合った。陽《ひ》の光の下で見る瞳《ひとみ》は、意外と綺麗な深緑だった。

最初は耳だけ赤かったのが、みるみる顔に広がり、首筋まで真っ赤になっていく。まるで林《りん》檎《ご》がどんどん色づくのを見ているようだとタールグは思った。

緑の瞳が潤《うる》んで光り、葉が風に吹《ふ》かれたように、ゆらゆら揺《ゆ》れている。

ふと向こうが目を伏《ふ》せて、恥ずかしそうにうつむいた。

この感じを、これまでの人生でもう何度も見たことがある。

――落ちたな。

タールグは冷静に思った。

なんだ、簡単なことだったのだ。自分に惚《ほ》れさせれば、話が早い。

赤く色づいた林檎が枝から地面に落ち、足元まで勝手に転がってくる。これを拾い上げてやるだけでいい。別に齧《かじ》らずとも、自分が拾い上げてやるだけで、すべての人間は満足する。

これで王子の同性愛傾向《けいこう》は真実だと確かめられた。もっと夢中にさせれば、真の目的を吐《は》くかもしれない。ユクステールの国内情勢についても聞き出せる。農産物の品種改良も大々的にやらせよう。カリアプトにとっては益となるはずだ。

なぜこんな簡単なことに思い至らなかったのか。タールグは思わずおかしくなり、ふと笑った。王子がこちらを見て、また驚いた顔をする。

タールグは、今度ははっきりと、優《やさ》しく微笑《ほほえ》みかけた。いつも恐《おそ》れられている自分が、たまに見せる笑顔《えがお》の威力《いりょく》を、タールグは十二分に知っている。

王子は呆《ほう》けたような顔をして、さらに顔を赤くした。

それを見たタールグの心は、優越《ゆうえつ》感と満足感、野心で満たされた。


「いやぁ、今日は本当に驚きました！」

夕食時、イーサンがスープに入った鶏肉《とりにく》を貪《むさぼ》りながら言った。

「まさか陛下が突然《とつぜん》来られるとは！　我々もまったく知らされていなかったんです。ですよね、補佐《ほさ》官殿《どの》！」

「ビョーク、食べ方が汚《きたな》い」

ケイジが嫌《いや》そうにイーサンに注意した。朝から晩まで顔を突《つ》き合わせている二人は、出会ったころのように堅苦《かたくる》しいやりとりをしない。

「ケイジも知らなかったんだ？」

レオナが訊《き》くと、ケイジはうなずいた。

「ええ。実は何度か見に来られてはいたのですが、今日は本当に知らされていませんでした」

「しかも、陛下が笑ったところを初めて見ました！　さすがレオナ様、あの陛下の鉄仮面も緩《ゆる》ませるのかと、感激しましたよ」

イーサンが興奮したように言う。レオナは目を丸くしてから、うつむいた。

どうして微笑みかけてくれたのか、よくわからない。顔があまりに赤くなっていたのが、おかしかったのかもしれない。

「陛下には……許嫁《いいなずけ》とか、恋人《こいびと》はいないのかな？　あんな顔で笑われたら、きっとみんな好きになるね」

レオナはつぶやくように言った。

「陛下のそういったお話は、一切《いっさい》聞きませんね」

ケイジの言葉に、イーサンがうなずいた。

「戦場でも、女を買うことはないらしいです。将軍から聞いたことがあります」

ケイジが「へぇ」と言って、話を促《うなが》した。

「じゃあ、男が好きだったりとか？　戦場ではよくあるらしいじゃないか？」

レオナは心臓が飛び上がりそうになったが、「陛下はそれもないですね」という言葉で落ち着きを取り戻《もど》した。

「ちょっと訊きたいんだけど、男同士って……戦場ではよくあること……？」

二人は意味ありげに目を見交《みか》わし、ケイジが口を開いた。

「レオナ様の御国《おくに》では禁じられていると思いますが、こちらでは同性婚《こん》も認められています」

レオナは声を上げられないほど驚いた。

「カリアプトはもともと六つの国からなる帝国《ていこく》です。民族も、もちろん言語や宗教も違《ちが》います。共通語はありますが、固有の文化を否定したり、何かを強制したりすることのないよう、徹底《てってい》しているんです」

イーサンが、ケイジに続いて説明する。

「それに陛下は、略奪《りゃくだつ》や住民への暴力を軍法で固く禁じています。陛下が節制されているからこそ、規律も守られるんだと俺は思います」

イーサンが十四歳の時のことを語り出した。

母国がカリアプトに負け、街にやってきた兵に姉が襲《おそ》われそうになり、イーサンは姉を守るために大暴れした。その兵は結局他のカリアプト兵に取り押さえられ、軍法会議にかけられて、処刑《しょけい》されたという。大暴れしたイーサンは大隊長に気に入られ、部隊に入ることになった。その大隊長が、今の将軍だ。

ケイジが言った。

「軍法は厳しく見えますが、結局市民感情の悪化を最小限に抑《おさ》えるのを狙《ねら》っているんです。王が変わっただけと思わせれば、統治しやすい。だから文化や言語の規制もしないんです。さらに街の整備をすれば生活は豊かになるから、不満も出にくい。これはみな陛下がおっしゃっていたことだそうです。私の上役である大臣から聞きました」

イーサンが、ほうっと息を吐いた。

「で、駐留《ちゆうりゆう》の兵士と地元の娘《むすめ》たちとの集団見合いを設定するんです。うまくいけば結婚《けっこん》するから、統治後の反乱はかなり抑えられる。子どもを守るために、女たちはあらゆる争いを止めるでしょう？　……姉も、結局いろいろ世話をしてくれた当時の俺の上官と結婚したんですよ」

レオナは内心唸《うな》った。皇帝《こうてい》は自分と二歳しか違わないのに、これだけ大きな国をまとめてたくさんの人を率いている。すごい人だ。それゆえに、恐ろしい。

この国に来る前に、弟王子からだいたいの歴史は聞いていたが、深くは知らなかった。考えたら、相手国のことを何も知らないで来てしまったのだ。

「恥《は》ずかしい話だけど、僕は本当に教育を受けていないんだ。だからこの国のことを全然知らない。教えてもらえると、うれしい」

王子の素朴《そぼく》な言葉に、ケイジとイーサンは、また目を見交わして、真剣《しんけん》な顔をした。

「もちろん、なんなりと。……でも、どうして教育を受けられていないのでしょうか」

ケイジの質問に、レオナはしまったなと思った。だがもう通訳のガーフには伝えているし、いずれわかることだろう。

「僕は……文章を読むのが苦手なんだ。それで、教師も匙《さじ》を投げてしまって……」

二人は不思議そうな顔をしたが、深くは追及《ついきゆう》しなかった。

レオナは二人からカリアプトのさまざまな話を聞きながら、夕食をたいらげた。

次の日の夕方、少ない護衛を連れたタールグは離宮《りきゅう》へと向かった。

屋敷《やしき》に近づくにつれ、温かな料理の匂《にお》いが漂《ただよ》いはじめる。護衛兵が皇帝に気がつき、縫《ぬ》い針《ばり》のように直立不動になった。

今日の来訪は一応通訳のガーフに知らせてはいるが、他《ほか》には通達していない。ここは宮殿《きゅうでん》内よりもどうしたって警備が手《て》薄《うす》になる。安全面からも、事前に連絡《れんらく》する人間は最小限にとどめるべきだと考えていた。

それに……タールグは心の中でつぶやいた。

——昨日の今日で、王子がどんな反応をするのかを見たい。

タールグがさして大きくもない食堂に入ると、その場の空気が凍《こお》りついた。

王子と談笑《だんしょう》しながら席についた二人の付き人が青ざめた顔で立ち上がり、すぐに壁際《かべぎわ》に控《ひか》える。王子の顔に浮《う》かんでいた笑みは固まり、一瞬《いっしゅん》で溶《と》けて消えてなくなった。叱《しか》られる前の子どものように、オドオドと視線を下げて手を膝《ひざ》の上に置く。

——そんな態度で、好きな男の気が惹《ひ》けるとでも？

連日の訪問で驚《おどろ》くのはしょうがないにしろ、赤くなるとか、ちょっと愛想笑《あいそわら》いするとか、あたふたするとか、卑屈《ひくつ》な人間なりに対応の仕方があるだろう。

タールグは内心非常に苛立《いらだ》ったが、顔には出さずに空いている席についた。

「……いい匂いだな」

タールグは付き人や王子の前に置かれた皿に目をやりながら、ユクステールの言葉で言った。

報告によれば、鶏《とり》を丸ごと一日近く煮込《にこ》んだスープが兵たちの間でも評判だという。鶏をさばいて煮るのは当番の兵がやるが、味つけは王子がする。庭で取れる香草《こうそう》のほかにも、ユクステールの南方で取れるスパイス（カリアプトでも売っているのだ）などを取り寄せて使っているらしい。あまりこちらにはない味つけという。

次の日には残ったスープに米を入れてチーズを落として食べるらしく、確か付き人の護衛官の好物だったはずだ。

スープを作っていたのは昨日。今夜皿に盛られているのは、案の定リゾットのようである。

「……陛下も、お召《め》し上がりになりますか？」

付き人の一人、補佐官のケイジ・ストラトスが恐《おそ》る恐る声をかけた。

――まったく、こいつは馬鹿《ばか》なのか。

タールグは内心ため息をついた。付き人は二人とも、王子にユクステールの言葉がわかることを告げていないはずだ。だが今ここでそう反応しては、王子に気づかれてしまう。いや、王子もとっくに気づいているのだろうが。

通訳のガーフに目をやれば、相変わらず目をしょぼしょぼさせたまま、テーブルの中ほどでちんまりと座っていた。一人、我関せずの態度はさすがだった。

タールグは王子に向かって話しかけた。

「殿下《でんか》の手料理が評判だと聞いたので、私も食べてみたくなった」

王子は弾《はじ》かれたように顔を上げると、「取り分けます」と言った。王子が立ち上がり、新しい銀食器を持ってくる。

そういうのは付き人の仕事だろうと、動かない二人にまた苛立ちが募《つの》った。

「毒見は誰《だれ》が？」

タールグが冷ややかに訊《き》くと、今度は護衛官が「私がいたします」といち早く言って、席についた。そのまま汁気《しるけ》の多いリゾットを豪快《ごうかい》にかきこむ。

——お前がさっさと食いたいだけだろう。

タールグは護衛官を一瞥《いちべつ》した。毒見は一口でいいのだが、ばくばくと食べ続けている。

王子はリゾットを皿に盛ってチーズをのせると、タールグの前に素早《すばや》く置いて逃《に》げるように自分の席へと戻った。その様子をタールグはずっと目で追っていたが、王子はこちらの姿を一切視界に入れないようにしている。

護衛官は「うまいです」と言って、あっという間にたいらげた。

別に料理の感想など訊いていない。

「……いつまでそこに座っている？」

護衛官は毒にでもあたったかのように真っ白な顔になり、さっと席を立つと敬礼して部屋の隅《すみ》に立った。

タールグは付き人二人に席を外すよう言いつけた。人が多くては、王子と「親睦《しんぼく》」を深めることもしにくい。食堂には、皇帝と王子、通訳だけが残された。

皿からは白い湯気が立っている。熱い料理は久々だ。皇帝の食事は、毒見の時間をとるために、いつも少し冷めていた。

これはもともと自分たちで食べるために用意していたものだし、目の前で取り分けさせたから、毒を入れるのは難しいだろう。

タールグは匙をとって、まずは汁《しる》を一口含《ふく》んだ。滋味《じみ》溢《あふ》れるスープが胃にまっすぐ落ちていく。手はこんでいないが、時間をかけている、気取りのない家庭料理という感じだった。

「確かにうまいな」

「よかったです」

王子はホッとしたように言って、自分も食べ始めた。タールグも無言で食べ進め、短時間ですべてたいらげた。温かい料理を食べたことで、体が心地《ここち》よく満たされる。

「……料理ができるというのは、意外だ」

「いえ、最後に味つけを適当にするだけなので」

王子がまた顔を伏《ふ》せて言った。そのまま急いで食べ終えた王子は、すぐにタールグの皿と自分の皿を片付けた。

なんだか使用人のようだ。大国の王子という立場としては考えられないくらい、自分からよく動く。その点については、好感を持った。帝位《ていい》につくまで、身の回りのことをすべて自身でこなしていたタールグは、ただふんぞりかえっている人間が嫌《きら》いだ。

だが何を話せばいいのかわからず、とりあえず王子のすぐそばの椅子《いす》に移った。距離《きょり》の近さは、親近感を生むだろう。

台所から戻《もど》ってきた王子は、移動した皇帝の姿を見て、ビクリと震《ふる》えてから身を硬《かた》くして席についた。

「昔から、料理を？」

「え？　あ、あぁ……六年くらい前からです」

「なぜ？　そのきっかけは？」

「北方に少しずつ畑を移しながら、放浪《ほうろう》もしていたので、必要に迫《せま》られて……」

「放浪？　なぜまた？」

「新しい植物を探したり、穀類の生産を見たりしていました」

「なるほど。視察か」

その言葉に、王子は視線をテーブルに向けて、左右に動かした。

「そこまで大がかりなものではないです……。二人の付き人だけだったので、自分でやれることは、全部していたというか」

その時に料理も身につけたのか。

「その間、畑の世話は？」

「他の者に頼《たの》んでいました」

「では長期で行ったわけではないと？」

「はい。長くてもひと月くらいで戻って、また行ってを繰《く》り返していました」

タールグは王子を見直した。農産物の知識もさることながら、地方の様子をあちこち見聞きしている。本人にその自覚はなさそうだが、かなり使える情報を持っている可能性がある。

「今、王国は……」

そこまで訊きかけてから、タールグは口を閉《と》ざした。これは臣下への尋問《じんもん》ではない。王子の好意をさらに高め、自分に夢中にさせねばならないのだ。話題を変えることにした。

「最近、殿下はこちらの言葉を話すのがお上手になったと、みんなから聞いている」

意識して口調を柔《やわ》らかくしてみた。王子が少し顔を上げ、オドオドと視線をぶつける。

「語学のセンスがあるのでは？」

王子はまたうつむき、すっと視線を外した。

「僕なんかに、そんなものはありません」

卑屈の度が過ぎる。こういう手合いに過度な褒《ほ》め言葉は重いのかもしれない。

「……では、天性のものではなく、あなたのがんばりということか」

タールグは肘《ひじ》をついて口の前で両手を組み、にっこりと笑った。王子が巣穴から出てきたイタチのように顔を上げ、目を丸くする。すぐに顔が赤くなった。

やはり、王子は自分のことを好いている。

簡単なことだった。こういう卑屈な人間は、実は人一倍、他者から認められたいと願っているものだ。

「どんなふうに外国語を覚えるんです？」

沈黙《ちんもく》が続いた。その間、王子はあれこれと逡巡《しゅんじゅん》しているようだった。

「……聞いた言葉は、割とすぐに覚えます」

やはり優秀《ゆうしゅう》な人間だ。愚《おろ》かなふりをしているだけだったのか。この後、どう出る？

タールグは真剣《しんけん》に王子の言葉を待った。

「……実は、僕は文章を読めないので、耳から覚えるしかないからです」

自分から告白するのか。タールグはおもしろくなってきた。本当に読めないのか、確認《かくにん》するチャンスなのではないだろうか。

「ガーフ、紙とペンを」

テーブルの中ほどで、恐らくこの会話を逐一《ちくいち》記録していた通訳が顔を上げ、皇帝《こうてい》のもとへと持ってくる。タールグはそれにユクステールの言葉でごく簡単な短い文を書き、王子に見せた。

王子は不思議そうにその紙切れを見た。しかし急に眉《まゆ》を寄せ、難しい数式でも書かれているかのように、じっと見つめる。

ガーフに視線を移せば、いつもはしょぼつかせている目を丸くしていた。タールグは王子が紙を見ているのをいいことに、ニヤリと笑った。

「読み上げてくれ」

ガーフは少しためらいながら、王子に告げた。

「今夜、君の部屋に行ってもいいか？　……とあります」

「部屋じゃない、ベッドだ。忖度《そんたく》せず、正確に通訳しろ」

王子はポカンとした顔をしていたが、みるみる真っ赤になった。字が読めないというのは、本当らしい。

「あ、あの、僕は、その……男性とは、その」

「冗談《じょうだん》ですよ」

タールグは歯を見せて笑ったが、次の瞬間《しゅんかん》ぐいっと身を乗り出し、王子の顔を下から窺《うかが》うように見上げた。

「でも殿下《でんか》は、かつてそういうご経験があるのでは？　裁判になったのだから、さすがに私も知っている」

赤くなった顔が、今度はどんどん白くなっていく。これはまずいと思い、すぐに修正した。

「我が国では、愛が罪になることはなく、裁かれることなどない」

タールグは低く囁《ささや》いた。王子がわずかに身を引きながらも、驚《おどろ》いた顔で目を合わせてくる。

タールグはその緑の瞳《ひとみ》を搦《から》めとるように見つめた。

「あなたが誰《だれ》を愛そうが、自由なんだ。……そして、私も」

嚙《か》んで含めるように、甘い毒を流す。

王子は魅入《みい》られたかのように微動《びどう》だにしなかったが、タールグがその腕《うで》にそっと手をかけると、パッとうつむいて処女のような恥《は》じらいを見せた。

あまりにわかりやすい反応に、タールグは笑い出しそうになった。

「また明日の朝、出直そう」

さっと立つと、王子も慌《あわ》てて立ち上がった。

あまりしつこくしすぎても不自然だ。タールグは何も言わずに大股《おおまた》で部屋を出た。その後を王子もついてくる。その気配をしっかり意識しつつ、早足で屋敷《やしき》の玄関《げんかん》ホールへと向かった。外に出るところで護衛兵を見回すふりをして、王子が追いつくのを待つ。後ろに王子がおずおずとやってきた。

「今日は突然《とつぜん》来て、すまなかった」

タールグは真摯《しんし》な表情を作った。王子が驚いた顔をして、首を横にぶんぶんと振《ふ》る。

「お話しできて……光栄でした」

タールグは蠱惑《こわく》的に笑って、王子の手をさりげなく握《にぎ》った。

「さっき言ったはずだが？　また明日も来る」

王子が目を逸《そ》らせないよう、緑の瞳をじっと見たまま囁く。

「おやすみ。いい夢を」

タールグはすっと手を引き、屋敷を後にした。本当は、明日も来る予定ではなかったのだが。また仕事を調整せねばならない。だが不思議と、それに対してうんざりはしていなかった。

それよりタールグは、こんな甘い言葉がすらすらと出てくることに、自分でも驚いていた。

――なかなかおもしろいゲームだ。

このゲームのゴールはなんだろう。人質《ひとじち》としてやってきた、真の目的を言わせることか。いや、好きだと言わせることか。

彼が臆病《おくびょう》なぶん、ゲームはおもしろくなる。

字をうまく読めないのは本当だろう。でも話をする限り愚かな人間ではない。下働きのようなことも厭《いと》わずやるさまは、板についている。

……実は王子は、単に馬鹿《ばか》正直な人間なのではないか。それならばそれで、使いようはある。

煌《きら》めく星空の下、タールグは上機嫌《じょうきげん》で宮殿《きゅうでん》へと戻《もど》った。


翌朝、レオナはいつものように日の出とともに目を覚ました。

窓から差し込む青白い光。早朝から動く小鳥の、清らかなさえずり。

毎日、「今日」という日が楽しみで目が覚める。昨日より苗《なえ》は育っているか。花は咲《さ》いているか。実はつきはじめたか。ワクワクする。

けれども、今日は違《ちが》った。昨日の皇帝の言葉の数々が、体に重くのしかかる。起き上がったものの、レオナはベッドの上で膝《ひざ》を抱《かか》えて背を丸めた。

皇帝は、なぜ急にあんな態度を取り始めたのだろう。あの裁判のことも知っているのに。あの手書きのメッセージ。いくつかの単語は一応わかったが、最初は意味がわからなかった。からかわれているのか。

皇帝の行動のすべてが、わからない。わからなすぎて混乱し、皇帝が帰った後で、ケイジとイーサンにその真意を訊《き》いた。

自分は言葉通りにすべてを受け取ってしまうから。自分は、人の表情を読むことが苦手だから。話しながら、情けなくて、涙《なみだ》が出そうになった。

突然泣き言めいたことを口にするレオナを、二人は真剣に受け止めてくれたが、「正直、私たちにもわかりません」と同じ言葉を返された。

「何かお考えがあるのだと思います。……陛下は、超《ちょう》一級の策士でらっしゃいますから」とは、イーサンの弁。

「レオナ様に好かれたいというのは、陛下の本心ではないでしょうか。ただ、裏には何か真の目的があるはずです」とは、ケイジの弁。

それを聞いて、わからないのは自分だけではないのだと安心した。裏に目的があるというのも、少し寂《さび》しい気持ちがしたけれど、納得《なっとく》した。

皇帝には好意を抱《いだ》いている。すごい施政者《しせい》だと思う。こんな自分を認めてくれてうれしかった。でも、別にそれでどうこうなろうとは思っていない。仲良くなれたらとも思わない。今のままで、十分満たされている。

いくらこの地が同性愛に寛容《かんよう》だからといって、レオナの中に一度刻まれた「恥ずかしい人間」の印は消えることがなかった。できることなら、それを忘れて過ごしたい。植物に囲まれて。でも皇帝にああいう態度をとられると、目的があるのだろうと思いつつも、より好きになってしまう。だから、会いたくない。好意があることは、絶対に気づかれたくない。

皇帝が朝から来るというのは、憂鬱《ゆううつ》でしかなかった。

皇帝がその言葉通り姿を見せたのは、みんなで十時の休憩《きゅうけい》をとっている時のことだった。

その時レオナは、葉の茂《しげ》る葡萄棚《ぶどうだな》の下にいて、摘《つ》んだハーブをたっぷり入れたお茶を真剣に淹《い》れていたから、皇帝が来たことに気がつかなかった。

「それは、私の分もあるか？」

横から突然《とつぜん》訊かれて、レオナはポットを落としそうになった。

「大丈夫《だいじょうぶ》か？」

「だっ……大丈夫です」

あたふたと布巾《ふきん》でこぼれた茶を拭《ぬぐ》うレオナは、皇帝《こうてい》を正面から見られなかった。

なんでこの時間に来るのだろう。本当なら、これから護衛兵のみんなも呼んでお茶を飲んでもらい、新しいブレンドについての意見を聞きたかったのに。

レオナにとって朝といえば、日の出から朝食までの時間のことだった。その時に皇帝は来なかったから、すっかり油断していたのだ。

皇帝は、ティーテーブルの横にある藤《とう》製の安楽椅子《いす》にゆったりと腰《こし》かけた。

気がつけば、近くにいたはずの護衛兵も付き人も、遠巻きに控《ひか》えている。そばにいるのは、通訳のガーフだけだ。

みんなのためにせっかくお茶を淹れたのに、冷めてしまう。レオナは恐《おそ》る恐る尋《たず》ねた。

「……僕が毒見をしましょうか」

「あぁ。頼《たの》む」

レオナはお茶を一口飲むと、たくさんのカップにお茶を注いでから屋敷に戻り、大きな盆《ぼん》を持ってきてカップを載《の》せた。

皇帝の前に茶を運び、さらに盆を持ってケイジのところへ向かう。みんなに配るよう頼むと、ケイジは苦笑《くしょう》しつつ快諾《かいだく》し、「早く陛下のところにお戻りください」と小声で囁いた。

「ずっと無表情でこちらをご覧になっています」

レオナはひやりとして、そそくさと葡萄棚の下に戻った。皇帝はレオナを見ると、少し寂しそうな顔をした。

「邪魔《じゃま》をしてしまったか？　私が来ると、皆《みな》に気を遣《つか》わせてしまうな」

皇帝の隣《となり》の椅子にそっと腰かけたレオナは、その殊勝《しゅしょう》な言葉に驚いた。

「みんな、びっくりしただけです。今日は結局来られないのかと思っていたので」

皇帝は不思議そうな顔をしたが、「そうか」と言って茶を飲んだ。

「……こうして毎日、茶を用意しているのか？　殿下《でんか》手ずから？」

「えぇ、まぁ」

「周りの者が羨《うらや》ましいな」

皇帝はふっと笑ってカップをテーブルに置いた。目の前には緑濃《こ》い庭が広がり、色とりどりの花が咲き乱れている。美しい季節だった。

「この庭は……いいな」

ボソッとつぶやく皇帝の横顔を、レオナは盗《ぬす》み見た。額から鼻、唇《くちびる》に至る優美な稜線《りょうせん》。蘭《らん》の花のように、完璧《かんぺき》な造形をしていた。急に胸が苦しく、切なくなってくる。

こんなに近くにいなくていい。遠くから眺《なが》めるだけで十分なのだ。この世界の中心的存在は、あまりに眩《まぶ》しすぎる。

立ち上がって麦わら帽子《ぼうし》をかぶり直すレオナに、皇帝が話しかけた。

「これからまだ作業をするのか？」

「はい」

驚《おどろ》いたことに、レオナの後を皇帝がついてきた。畝《うね》の間で芋《いも》の苗をじっと観察するレオナの横で、皇帝もしゃがみこむ。

育て方について訊かれたことに答えていたが、ふと会話は途切《とぎ》れた。

「……字が読めないというのは、本当なんだな」

「はい」

「でもよくわからないんだが……今まで教えられていなかったのか？」

レオナはなんと言えばいいのか考えた。もう何度となく同じ質問を受けているのに、うまく説明できたことは一度もない。

「教えられても、よくわからないんです」

「そのわからないというのが、私にはわからない。単語が覚えられないとか、そういうことなのか？」

「単語も……ですけど、なんだか文章になると、字が歪《ゆが》んで見えたり、大きくなったり小さくなったりするように感じて、混乱するんです」

土の上をせわしなく歩く蟻《あり》を見ながら、レオナはそのままのことを答えた。

「たくさんの虫が、ワッと動いているみたいに見えるんです」

「じゃあ、農業や園芸について、どう知識を得たんだ？」

「人に訊いて、教えてもらいました」

「植物を見ても、混乱はしないんだな」

「そうですね……花とか葉は、うるさく話しかけてこないから」

皇帝が黙《だま》りこんだ。あまりに沈黙《ちんもく》が長いことに気がついて、レオナはふと横を見た。皇帝は少し眉間《みけん》に皺《しわ》を寄せ、難しい顔をしていたが、レオナの視線に気がつくと「うるさかったか？」と訊いた。

言われている意味がわからなかった。少しして、自分の言葉が当てこすりだと思われていることに気がついたレオナは、顔を赤くしながらぶんぶん手を振《ふ》った。

「違《ちが》います、違います！　あの、そうじゃなくて……僕は激しい色とか音とかそういうのが苦手で、ユクステールの王宮の部屋に一人でいても、ずっと話しかけられている気分になるというか……。ぐちゃぐちゃになるんです。でも種をまいて芽が出てるのを見ても、全然うるさくない。かえって、安心します」

自分でも何を言っているのかわからなくなり、レオナは赤面した。

皇帝は横でプッと小さく吹《ふ》き出した。

「うるさいと思われているわけじゃなくて、安心した」

意外と気さくな人なのだと思った。雰囲気《ふんいき》が硬質《こうしつ》なだけで。

皇帝が立ち上がり、レオナに言った。

「そろそろ行くとしよう。茶をありがとう」

レオナはこくこくとうなずいてから、目を逸《そ》らした。

また惹《ひ》かれている自分がいる。会いたくない、近くにいなくていいなんて、大嘘《おおうそ》だ。

夏に向かって伸《の》びる草のように、レオナは胸の奥で捨てたはずの恋《こい》が育つのを感じていた。


タールグは離宮《りきゅう》を出て宮殿《きゅうでん》へと向かっていた。歩くと時間がかかるから、移動には馬を使う。ゆっくりと愛馬を操《あやつ》りながら、タールグは自身と対話した。

今日の朝は珍《めずら》しく、一日が始まることが楽しみだった。いつもはもっと寝《ね》ていたいと思うのに。ここに来て、王子はどんな反応をするか見たかったからだ。

だがその軽い気分も、昨夜の追加日報によりすっと消えた。

ガーフが、皇帝が去った後の王子の様子を記し、届けていたのだ。寝室《しんしつ》に朝食を運ばせ、食べながら読んでいたら、だんだん腹が立ってきた。

特に付き人たちの、「策士」だの「真の目的」だのという言葉。確かに間違《まち》がってはいないが、主君は誰《だれ》か、見誤っているのではないか。皇帝を主君と思うなら、そんな言葉は胸に秘《ひ》め、「王子の魅力《みりょく》に陛下も気がついた」くらいのことを言えばいいものを。

付き人たちは距離《きょり》が近すぎる。交代させようかと思ったが、それで王子から恨《うら》まれるような本末転倒《ほんまつてんとう》だ。

——まぁいい。やつらを上回る魅力で落とせばいいのだから。

午前中に王子が茶を振る舞《ま》うのは知っていた。昼食の前なら、ギリギリ朝のうちに入るだろう。多少の腹いせのつもりもあり、敢《あ》えて出発を遅《おそ》くし、その時間に合わせて顔を出した。もちろん、来て初めて知ったふうを装ったが。

付き人や護衛兵たちが王子の淹《い》れた茶を飲むなど、ずいぶんいい身分になったものだ。ただそれがどんなものか、飲んでみたいという気持ちもあった。

茶は、なんのハーブが入っているのか当てられないほど、重層的な香《かお》りとまろやかな味がした。素直《すなお》においしいと感じたし、周りの者が羨ましいと思ったのも本音だった。これを毎日、あの庭の中で飲めるなら。

タールグは、いつもこの時間、執務《しつむ》室で膨大《ぼうだい》な量の決裁をしている。

茶を飲んだら、苛々《いらいら》した気持ちが多少落ち着いた。春先には荒《あ》れていた庭が、いまだ野趣溢《やしゅあふ》れるとはいえ、すっかり綺麗《きれい》になっているのにも驚いた。庭師顔負けの手際《てぎわ》だ。

つばの広い麦わら帽《ぼう》に簡素なシャツとズボン、土のついたブーツを履《は》く姿は王子には見えなかったが、華美《かび》に着飾《きかざ》るよりもよっぽどいい。タールグ自身、高級な服に興味はなかった。ゴテゴテと着飾るのは、自分の外見に自信のない者がすることと思っている。

ふと畑作業を間近で見てみたくなり、後についていった。付き人たちは、入れ代わり立ち代わり、こういう場面で何気ない会話を王子と積み重ねている。

昨日は少しやり過ぎてしまったようで、王子を混乱させてしまった。もっとさりげない話をしよう。育てているものを糸口に、本人の内面を探《さぐ》らねば。

しかしそう思って話をすればするほど、王子は不思議な人間だった。こちらのことが好きなはずなのに、媚《こ》びた態度は絶対に出さないし、なんなら、本当は嫌《きら》われているのではないかと思う瞬間《しゅんかん》がある。こちらから話しかけない限り会話もないし、してもあまり続かない。でもたまに素《す》が出る時があって、突然《とつぜん》長々としゃべりだす。その様子がおかしかった。

それにあの赤面した顔、去り際の時の表情。

やはり自分のことが好きなのだと確信を深めた。そのことに安堵《あんど》する。

とにかく、王子が何か独特の世界で生きているらしいことは、うっすらと理解しつつあった。それは知能の高さとか、国の目論見《もくろみ》とか、そういうものとは別次元のところにあるのだろう。

朝にあった苛立《いらだ》ちは消え、愉快《ゆかい》で満ち足りた気分がタールグを包む。

人の言葉を額面通りに受け取り、表情の裏を読むことができないならば、彼の心をすべて手に入れることなど、きっとたやすい。

世界は、すべて自分の思う通りに進む。家臣たちから愛される王子が想《おも》いを寄せるのは、皇《こう》帝《てい》であるこの俺だ。

タールグは突然馬を早駆《はやが》けさせた。思い切り、高笑いしたい気分だった。

◆

さらに二ヵ月が過ぎて、夏の盛りになった。昼の暑さが落ち着いた夜、皇帝はやってくる。週に一度、離宮でレオナが作る簡素な料理を食べ、食後に茶を飲み、少し話をする。畑のこと、このカリアプトのこと、その時によって話題はさまざまだ。最初にあった緊張《きんちょう》は次第《しだい》に解けて、普通《ふつう》に会話できるようになってきたのは大きな進歩だった。

その晩、食後の茶を飲んでいた皇帝はガーフに言いつけて、見慣れぬ筒《つつ》を持ってこさせた。

「弟君から、殿下《でんか》宛《あて》に親書が届いている。疑うわけではないが……念のためここで開封《かいふう》して、読んでもらってもいいだろうか？」

ついに手紙が来たのか。レオナは久々に緊張を覚えながら、ゆっくりうなずいた。蠟《ろう》の封を取ると、筒の中には巻紙と小さな袋《ふくろ》が入っている。

「その袋は？」

「花の種です。……手紙と一緒《いっしょ》に毎回送ると言っていました」

「やはりご兄弟だ、兄君のお好きなものをよくご存じなんだな」

皇帝はそう言って微笑《ほほえ》んだ。レオナは背中に冷や汗《あせ》が伝うのを感じながら、巻紙を広げた。

レオナが読みやすいよう、行間や字間を空けて、太めの字ではっきりと書かれている。

ガーフが読み上げようとしたが、皇帝は手を上げてそれを制し、すぐ隣《となり》にやってきた。手紙を覗《のぞ》きこむようにされると、距離がものすごく近くなる。レオナはまたドキドキした。

この手紙に秘密があるからか、皇帝が近すぎるからか、どちらのせいだろう。

手紙には、日常の様子のほか、これからこうしてたまに送ること、締《し》めくくりにレオナの健康を願うという当たり障《さわ》りのない内容が書かれていた。

レオナは袋からそっと種を取り出した。何種類あるのかをざっと数える。事前に聞いていたとおりだ。後でもう一度、手紙を読み直さなくては。

「こういう形式なら、文は読めるのか？」

皇帝に話しかけられてギクリとしたが、なるべく平静を装って小さくうなずいた。

「時間をかければ」

「そうか。妹は、貴国でよくしてもらっているようだ」

手紙を読んだ皇帝が言った。

「陛下は、ユクステールの言葉がご堪能《たんのう》なんですね」

「書くのはあまり得意でないが。まぁ習得していてよかったと思う。殿下とこうして話せるのだから」

久々に甘い言葉をかけられ、レオナは目を泳がせた。頼《たの》みのガーフまで、部屋を出て行く。

話題を変えようと思った。

「陛下の妹君は、帝国《ていこく》から来た花嫁《はなよめ》として、とても歓迎《かんげい》されていました」

「だが殿下も、皆《みな》から慕《した》われているぞ。本当に。私も心から歓迎している。ユクステールからやってきた愛すべき王子を」

皇帝にどういう目的があるのかわからないが、落ち着かない。

熱っぽい空気を変えようと、レオナは珍しく自分から話題を探した。

「その……陛下は、何ヵ国語をお話しになれるのですか」

「え？　あぁ、四か五か……なんとなくわかる程度ならもう少し」

「すごいですね」

「必要に迫《せま》られて、だからな。子どものころの話だ」

皇帝は陰《かげ》のある笑い方をした。皇帝は、今は無き小国の王族の血を引くと言われているが、その生《お》い立ちは詳《つまび》らかにされていなかった。

「殿下と同じように、私も小さいころは人質《ひとじち》生活だった」

それは聞いたことがある。昔、大陸西側の覇権《はけん》を取るのではと言われていた大国に、若き皇帝が潜伏《せんぷく》していたという噂《うわさ》だ。

その話をレオナが告げると、皇帝はハハッと乾《かわ》いた笑いを上げた。

「そんなかっこいいもんじゃない。私は屋敷《やしき》の外に出られない、軟禁《なんきん》状態に置かれていたが、国のためと思い耐《た》えていた。十の時だ。だが父は他国と連合し、私がいるにもかかわらず戦《いくさ》をしかけた。見殺しにされたんだ。殺されかけるところを、当時屋敷に出入りしていたガーフの助けを借りて逃《に》げ出した。それからずっと、追っ手から逃《のが》れる暮らしをしていた」

レオナは驚《おどろ》き、まじまじと皇帝を見つめた。ほんの一瞬《いっしゅん》、彼が傷ついた少年のように見えた。

「その日暮らしの時もあった。十代の初めは、悲惨《ひさん》だったな」

だから自分が作ったあの拙《つたな》い料理を、「うまい」と言って食べられるのか。

「殿下も……国内をわずかな供で放浪《ほうろう》されていたというし、とても王族とは思えない質素さだから……話してもいいかと思った。もちろん、私ほど窮乏《きゅうぼう》の生活ではなかっただろうが」

「ええ、僕なんか想像もつきません。もし自分がその立場なら、早々に死んでいたと思います」

皇帝は苦笑《くしょう》してから、「僕なんか、と言うのはやめてくれ」と真面目《まじめ》な顔で言った。

「自分を卑下《ひげ》するのは、そんなことはありませんよと言ってもらいたいからか？　でも王族でなければ、その言葉どおりに受け取られるし、みくびられ、つけ込まれるぞ」

レオナは心臓をつかまれたかのように固まった。卑下しているつもりはなかったが、他《ほか》の人からはそう聞こえるのか。

いや、母国にいたころは、レオナがみくびられるのは当たり前だったから、変だと思ったこともなかった。でもこの人は、レオナをみくびってもいないし、卑下する必要もないと思っているのだ。

靄《もや》が晴れたように、また世界がくっきりとした。その真ん中に、相変わらずこの人が立っている。初めて自分を認めてくれたあの日が、鮮《あざ》やかによみがえった。

「気をつけます」

レオナがきっぱり言うのを見て、皇帝は少し驚いた顔をした。

「……今夜は、余計なことを話しすぎたな。そろそろ行こう」

皇帝は急に立ち上がり、足早に屋敷を出て行く。いつもの「おやすみ」の言葉もなく。急ぎの用事があるのか、すぐに小さくなる背中を見送り、レオナは手紙と袋を持って自室に駆け込んだ。

種を出し、それをまく月の順に並べる。一月から、十二月まで。品種ごとに、弟と事前に割り振《ふ》っていた通りだ。手紙の行数も、きちんと十二行。種の数をかぞえると、一月の種は五つだった。一行目、五番目の単語に爪《つめ》で印をつける。順に繰《く》り返し、弟王子からの隠《かく》されたメッセージを解読した。

国、北、うまく、やれる、ない。戦争、心配。王、倒《たお》れる、可能性。これから、行く。

国の北方で反乱の可能性がある？　そこに平定に行けと命じられたのだろうか。王が倒れる可能性とは？

胸の中が、嫌《いや》な感じでざわめいた。王都のある南は繁栄《はんえい》しているが、北のほうは不作に見舞《みま》われることも多く、総じて貧しい。レオナが品種改良を進めていたのは、その貧しさを解消したいという思いもあった。

カリアプトもやはり北だが、土地の広さで収量を補っている。それに話を聞く限り、ユクステールよりも都市としての整備が進められているようだった。だが南北に長いユクステールでは、国内の格差が広がっているのだ。それなのに、王族たちは格差を真剣《しんけん》には捉《とら》えていない。皇帝なら、母国の様子を知っているだろうか。レオナはこの話をどう切り出そうかと考えた。

夏の夜空の下、タールグは馬で宮殿《きゅうでん》へと戻《もど》っていた。

柄《がら》にもなく話しすぎたと思いつつ、不思議と心が浮《う》き立っている。

今日は初めて王子から質問をされた。何ヵ国語をお話しになれるのですか、と。そのせいなのか、こちらも初めて自分の来し方を人に語った気がする。それでつい口が滑《すべ》って、「自分を卑下するな」と忠告めいたことを言ってしまった。

直後に、鬱陶《うっとう》しかったなと気がついたが、王子はまっすぐに自分の目を見て、「気をつけます」と言ってくれた。それだけのことだが、単純にうれしかった。初めてまともに会話が成立したような気がしたのだ。いつも自分が話しかけるだけだったから。別にそれでもいいと思っていたのだが。

王子はわかったようなことを言わないし、歯の浮くようなお世辞も言わない。だから話していて楽なのだと気がつくくらいには、彼を受け入れている。

王子の言葉の端々《はしばし》から、あまり国では認められていなかった——いや、ほとんど顧《かえり》みられていなかったことが窺《うかが》えた。それが、父に裏切られたタールグの中に親近感を呼ぶ。

母は一緒に人質となったが、ひどい生活で早々に心を病《や》んでしまい、八つの我が子を置いて自死した。タールグは、今もこの母親を、父と同じくらい恨《うら》んでいる。

結局、タールグが預けられていた大国と父が率いる数ヵ国が戦になり、その後細かく分裂《ぶんれつ》や融合《ゆうごう》を繰り返して、大陸の西側は六つの国に分かれた。

タールグは戦火の中、母国へと必死に逃げながら、少しずつ信頼《しんらい》に足る仲間を集めた。そして長い時間をかけて母国にたどり着いて、父と和解するふりをして殺し、王位を継《つ》いだ。このことは公《おおやけ》にはなっていない。父の後妻は真実を知っていたが、タールグへの暗殺を企《くわだ》てたために処刑《しょけい》した。

彼女はもともと宰相《さいしょう》の娘《むすめ》で、後妻に収まる前から父と情を交《か》わしていた。目障りな正妻とその息子《むすこ》を人質として大国に送るように仕向け、その後大国に攻め入るようにそそのかした女だ。

こうしてタールグは十八で一国の王となり、そのうちに後見であった宰相も更迭《こうてつ》して独裁体制を築いた。

異母妹《いぼまい》は、タールグの暗殺計画に度々《たびたび》加わっていたはずだが、証拠《しょうこ》が出なかった。そのため、腹心を差し向け、籠絡《ろうらく》させて、その動向を監視《かんし》している。

だから今回、異母妹を国外へと追い出すことができたのは願ってもないことだった。もちろん異母妹の情夫となっている腹心も、ユクステールに帯同している。

その者からの密書によれば、異母妹は夫となった第一王子と睦《むつ》まじくやっているようだ。貞《てい》淑《しゅく》な妻のふりをして。それはさっき読ませてもらった第三王子からの手紙とも一致《いっち》していた。

もし異母妹が第一王子と上手《うま》くやれず、何か揉《も》め事が起きた場合、不可侵《ふかしん》条約を破棄《はき》して、カリアプトが攻め入る口実ができる。だが今の段階では、異母妹がユクステールに寝返《ねがえ》る可能性のほうが高いだろう。そうなれば、ユクステールとも刃《やいば》を交える可能性もある。

しかし今はその時期ではない。平和ボケしたユクステールだが、軍備は整っている。今は機を待ち、カリアプトをより豊かに、強大にしてからのほうが得策だ。

ふと、自分の手元にいる王子、レオナのことを思い浮かべた。

もし母国に攻め入ったと知った時、彼はどんな顔をするのだろう。

憎《にく》まれるだろうな、と思った。当然の感情だ。でもひたすら土を耕して植物を愛《め》でる彼が、その手に剣《けん》を持って歯向かう姿が、どうしても思い描《えが》けなかった。


一週間後、タールグはいつものように離宮《りきゅう》に赴《おもむ》いた。食後に、王子の淹《い》れた果物入りの茶を飲む。夏らしい爽《さわ》やかな味だ。王子はソワソワとしながらこちらの様子を窺っていたが、意を決したように話しかけてきた。

「あの……陛下、実はお願いがあるのですが……」

「これは珍《めずら》しい。殿下《でんか》から頼《たの》みごとをされるのは初めてだな」

タールグはカップを置くと、王子に向かって微笑《ほほえ》んだ。

「そうですか？　ここで生活したいという願いを、以前お聞きくださったと思うんですが……」

「付き人と大臣を通じてな。直接頼まれるのは初めてだ。それで、何か？」

「母国の……北方の様子を知りたいんです」

野性の勘《かん》ともいうべき警戒心《けいかいしん》が、突如《とつじょ》黒雲のように湧《わ》き上がった。

「どうして？」

「……実はユクステールの北のほうは、とても貧しいんです。夏の作物の生育状況《じょうきょう》で、冬を越《こ》せるかがわかります。カリアプトの東側、ユクステールとの国境あたりを調べれば、この冬の予測を立てられるんじゃないかと……それを弟に伝えられないかと思って」

「なるほど。すぐに調査させよう」

「ありがとうございます」

王子はホッとしたように言った。相変わらず私心なく、民《たみ》を思う心に触《ふ》れ、タールグの心の中の暗雲は消えて笑《え》みがこぼれた。

「ほかには？」

タールグは上機嫌《じょうきげん》だった。王子から信頼され、頼《たよ》られる存在になってきたということだ。

「特には……」

「あれば言ってほしい。望みはなんだ？」

このタールグ・マト・カイリアークに叶《かな》えられないことなどないのだから、どんなことでも言ってみろという気分になった。

王子は肘《ひじ》をテーブルにつき、額に手を当てて、考え込むような仕草をする。

黒い髪《かみ》が燭台《しょくだい》の火で艶々《つやつや》と光り、揺《ゆ》らめく影《かげ》は物憂《ものう》げな表情をより引き立たせた。

こうして改めて見ると、王子の姿は地味だが品が良かった。それは生まれに由来するものというよりは、人柄《ひとがら》からくるところが大きいように思えた。いつも控《ひか》えめで、誰《だれ》にでも礼儀《れいぎ》正《ただ》しく、朗《ほが》らかに笑う――他《ほか》の人間の前では。

王子が額から手を外し、おずおずと言った。

「……では、割れにくいカップを。僕がよく割ってしまうので」

あまりに小さな物で、タールグは思わず笑ってしまった。王子はそれを見て、恥《は》ずかしそうにうつむいた。

タールグは、王子が自分の前で笑うのを、まだ見たことがない。

だが最初のオドオドした様子はなくなっている。笑いかけてくれるのも、時間の問題だろう。

その時はきっと、王子の心は完全に自分のものになっているはずだ。いつそうなるか、楽しみだった。

最初の手紙からあまり間を置くことなく、レオナのもとには弟のハルイ第三王子から度々手紙が届いた。

この夏、父の具合が悪くなったらしい。「倒れる可能性」というのは、文字通り本人のことだったのだ。床《とこ》に臥《ふ》せる日が多くなり、兄の第一王子が王の代行をしているとのことだった。

兄とハルイ王子の仲は決して悪いものではない。しかしハルイは、血を分けた兄弟であるレオナが遠ざけられ、自分も北方にやられることもあり、兄を警戒《けいかい》し始めていた。

加えて、レオナがかなりショックを受けたのは、兄の妃《きさき》となった皇帝《こうてい》の妹が、皇帝に命を狙《ねら》われていると触れ回っていることだった。

皇帝は実の父を暗殺し、義母を処刑し、異母妹をユクステールごと始末する機会を窺っているらしい。カリアプトがユクステールの領土を狙っているという恐《おそ》れは、現実のものとなっている。

この状況で、自分はどう振《ふ》る舞《ま》えばいいのか。わからないまま、通訳のガーフに頼んで弟に毎回返事を出した。庭のこと、畑のことなどの当たり障《さわ》りのない話を口述筆記してもらい、自分の身は安全だという意味を込めた簡単な絵を添《そ》える。

拙《つたな》いが時間をかけて描いた花の絵を見て、皇帝はいつも口元を緩《ゆる》めた。毎回そういう顔をするから、ついレオナも言ってしまった。

「……絵も下手なんですけど、字はもっと苦手なんです」

「いや失礼。別に下手なんて思ってない。こう……いかにも殿下らしい、朴訥《ぼくとつ》な絵だと思って」

皇帝がむずむずと口元を歪《ゆが》ませて、笑いをこらえている。それを見ていると、レオナは不思議な気持ちになった。

この人はみんなから恐れられている。手紙にあったように、冷酷《れいこく》な面も実際にあるのだろう。自分も、最初は不興を買うのではないかといつもどこかで怯《おび》えていた。でも今はあまり感じない。皇帝がこうして素《す》の感情を表す場面を、たまに見るからだ。

皇帝はレオナには親切だ。時折甘い言葉もかけてくる。

でもきっと……それは何か目的があるからだろう。あるいは、そういう役を果たしているのかもしれない。付き人がそうであるように、この人もまた、レオナの前では「優《やさ》しい皇帝」を演じているのだと。

だがそれが決して嫌《いや》なわけではなかった。少なくとも、一緒《いっしょ》にいられる時間があって、近くで話すことができるから。心の奥に秘《ひ》めたささやかな恋心《こいごころ》を満たせれば、もう満足だった。

◆

秋が来て、またスープがうまい時期になってきた。長い夕陽《ゆうひ》が差す中、腹を空《す》かせたタールグが離宮に向かうと、珍しく王子が建物の外で待っている。その表情はいくぶん暗い。

「どうした？」

「陛下に、お見せしたいものがあって」

王子はそう言うと、庭のほうに少し歩いた。藁《わら》を敷《し》いたところに、球根のようなものがゴロゴロと積んである。

「畑の砂糖大根です」

「あぁ、こんなにできたのか」

タールグは感心したが、王子は悔《くや》しそうに首を振った。

「思ったより量は取れたんですが、全然小さくて……。ユクステールで、ここと同じくらい北のほうで育てた時は、もう少し大きかったのに」

「いや、十分だろう。カリアプトではできないのかと思っていた」

タールグはしゃがみこみ、蕪《かぶ》のような大きさのそれを見つめた。王子も横にしゃがみ、じっと見ている。

「砂糖は作れるか？」

「ほんのちょっとならできるとは思います」

「じゃあ来年は、もっと大がかりに作付けしてみてほしい」

王子がこちらを向いて、目を瞬《またた》かせた。

「宮殿《きゅうでん》の敷地《しきち》外にはなるが、畑と人手を用意する。殿下が指導してくださらないか。将来的には国を挙げて取り組む」

王子は目を丸くしてから、すっと視線を落とした。

「僕に……できるかどうか」

「今さら何を言っているんだ？　他に誰がやれるというんだ。卑下《ひげ》するのはやめたほうがいいと前に言ったはずだ」

タールグが少し呆《あき》れると、王子はハッと顔を上げて、恥ずかしそうに微笑んだ。

「……そうでした」

突然《とつぜん》、胸を突《つ》かれたような感じがした。

こんなふうに柔《やわ》らかく笑うのか。今まで他の人間に向けられていた笑顔を、初めて正面から見た。タールグの胸の芯《しん》が、固く閉じていた何かが、ふっと緩んでいく。

初めて、王子に認められた。そんなふうに思ってから、タールグはすぐに否定した。

――違《ちが》う、そうじゃない。この俺が、王子の笑顔を引き出したんだ。

「……砂糖ができたら、まず一番に私に菓子《かし》を作ってくれ」

気まずい感情を押し殺して言うと、温かな色をした夕陽の中で、王子は笑った。

「もちろんです」

タールグは王子をまじまじと見つめた。また笑っている。

特段美しい造作ではないのに、笑った顔には愛嬌《あいきょう》があった。目がくりくりしていてちょっと四角く、鼻は小さくて、今は少しだけ土で汚《よご》れている。

思わずそれを指で拭《ぬぐ》ってやると、王子はびっくりした顔をした。だが一番驚《おどろ》いたのは自分自身だった。思わず早口になる。

「土がついていた」

「あっ、今日収穫《しゅうかく》だったから……」

王子が袖《そで》でゴシゴシと鼻や頬《ほお》をこする。

つい手が伸《の》びてしまっていた。タールグは不自然な行動を誤魔化《ごまか》すように立ち上がり、「腹が減った」と王子を促《うなが》した。

「弟君からの手紙も届いているぞ」

屋敷《やしき》の中にさっさと入り、小さな食堂へと向かう。食堂にいるのは、王子と自分だけだ。

彼が作り、目の前で毒見したものを、タールグは無言で食べる。

食後、弟王子からやってきた筒《つつ》を渡《わた》すと、王子は封《ふう》を開け、いつものようにまずこちらに手紙を寄越《よこ》した。それを読み上げてやる。

この秋から弟王子は北方の領地を治めることになったようだった。

タールグは、以前王子から頼《たの》まれた通り、ユクステール国境付近の農産物の生育状況《じょうきょう》を調査したことがある。今年は比較的《ひかくてき》出来がよさそうだと言うと安心していたが、あの辺は貧しく不安定だからまた心配だというので、今度はユクステールに放っている密偵《みってい》から情報を集め、国境付近で聞いた噂《うわさ》として王子に伝えた。それによれば、今のところは目立った事件はないらしい。弟からの手紙は最近頻度《ひんど》を増し、その度《たび》に王子はあれこれ心配する。

「父は元気にしているのか……心配です」

タールグは内心ため息をついた。異母妹《いぼまい》の近くにいる腹心からの連絡《れんらく》は、最近途絶《とだ》えがちだ。だが他《ほか》の者からの密書によれば、王は最近表舞台《おもてぶたい》に出てくることがほとんどなくなっているという。それを告げるべきかどうか。

これから弟が北方を治めるとなれば、またあれこれ心配するのだろう。

タールグは手紙を王子に返し、茶をおかわりした。夏にとれた木苺《きいちご》で王子が作ったジャムを、同じく王子お手製のスコーンにのせる。週に一度のくつろいだ時間だった。

タールグはふと椅子《いす》ごと移動し、王子の横に寄った。王子の身が、緊張《きんちょう》でなのか硬《かた》くなり、手紙と一緒に送られた小さな布袋《ぬのぶくろ》をぎゅっと握《にぎ》りしめた。

「それは、なんの種なんだ？」

「花です。いろいろな……」

手紙が来るたび、毎回同梱《どうこん》されている。最初の時に、手のひらに出しているのも見ている。どんな種があるのか、ふと気になった。王子が望めば、どんな種だろうと自分は用意できる。

「茶はまだ飲めるだろうか？」

「えぇ、さっき沸《わ》かした湯が、冷めていなければ……」

王子が急いで食堂を出た隙《すき》に、その袋《ふくろ》の中を見てみた。

言葉通り、種が入っている。タールグの目にはどれも同じに見えたが、特徴《とくちょう》的な細い種があるのに目が留まった。

最初の時も、これが送られてきていた気がする。他の種に比べて変わった形だったから、覚えていたのだ。でも三粒《つぶ》しか入っていない。

何か引っかかった。

なぜ数種類を交ぜて送ってくるのだろう。それも数粒ずつ。一度に一種類をまとめて送ったほうがいいのではないか。これだと分ける手間がいるだろう。

そういえば、王子は最初の時、いくつあるか数える仕草をしていたのを思い出した。

タールグはハッとして、すぐに種をテーブルに広げ、観察した。よく見ると、かなり種類が多いことに気がつく。しかしどれも数が少ない。多くて五、六粒か。不自然だ。

タールグの体が冷え、頭の中はしんと静かになった。

――暗号か。

その時、王子がポットを手に戻《もど》ってきた。それをテーブルに置く。その時、タールグが何を見ていたかに気がついたのだろう、顔がさっと青ざめた。

「これは、どういう意味がある?」

タールグはゆっくりと立ち上がった。

「この種の意味を、答えろ」

王子は黙《だま》ったまま、動かなかった。タールグは王子の胸《むな》ぐらをつかみ、怒鳴《どな》った。

「弟と、これでやりとりをしていたな？　答えろ」

「ぼ、僕は何も……」

カッと頭の中が熱くなり、タールグは王子を突き飛ばすように手を離《はな》した。王子はたたらを踏《ふ》み、後ずさった。

王子は、弟に毎回絵を描《か》いて送っていた。字がうまくないというから。他に伝えることがある時は、ガーフに代筆してもらっていて、それはタールグも毎回確認《かくにん》している。だがあの絵には、どんな意味が込められていたのか。

タールグは珍《めずら》しく激怒《げきど》していた。怒《いか》りが後から後から湧《わ》いて出てきて、仕方がなかった。この男に出し抜《ぬ》かれたことが悔しかった。

「何も⁉　じゃあなぜ種がこんな不自然な数で毎回送られてくるのか、その合理的な理由があるということだな？」

王子は顔色をなくし、壁際《かべぎわ》でうなだれた。

なぜ反駁《はんばく》しないのか。何か苦しい言い訳の一つでもしてみろ。無様に。

タールグは激しく苛立《いらだ》っていた。王子に裏切られたことへの怒り。それと同じくらい、大きなショックがあるのを感じる。

うかつなことに、いつのまにか信じていたのだ。この王子を。自分以外、誰《だれ》も信じられないとわかっていたはずなのに。

苛立ちの中に紛《まぎ》れた悲しみが、少しずつ顔を出す。裏切られていたからだ。裏切りは許さない。母も、父も、こいつも。俺を裏切った。

これまでの人生は常に裏切られ、命を狙《ねら》われるものだった。人から、見返りなく愛されたことはない。愛とは何かも忘れてしまった。

「……俺は裏切りには容赦《ようしゃ》しない」

恐《おそ》ろしいほど冷え切った声に、王子はうつむいていた顔をパッと上げて必死に言った。

「違います、裏切ってなんていません」

「俺を好きなふりして油断させ、騙《だま》していたんだな」

「えっ!?」

王子が一際《ひときわ》高い声で、驚きの声を上げた。

「そうだろう!? お前は俺のことが好きな素振《そぶ》りをしていなかったか!?」

王子はポカンと口を開けて、気まずそうに顔を伏《ふ》せた。そのまま沈黙《ちんもく》が続いた。

苛立ちと悲しみが、次第《しだい》に混乱と焦《あせ》りに変わっていく。

好きなふりをしていたつもりはなかったというのか？　あれは演技ではなく自然なもので、そして特別な好意から出るものではなかったと？　いやこれも演技なのか？

「……種は、暗号です」

王子が顔を伏せたまま言った。

「ユクステールと弟の状況を伝えるものです」

「じゃあお前は、何を伝えていた？」

「僕は、元気かどうかだけ……花の絵を描けば元気、葉の絵は、具合が悪い、風景の絵は……身に危険があるという取り決めをしてました」

王子が描くのは、花の絵ばかりだった。

「それが本当かどうか、確証がない。俺はどうやって、お前を信じればいい？」

王子はしばらく黙ったままだった。

「……陛下がユクステールに侵攻《しんこう》されるのではないか、という噂があるそうです。噂の出どころは妹君なので、信憑性《しんぴょうせい》が高いと思われています」

「……なんだと？」

「自分がいても、兄には関係ないだろうと、妹君はおっしゃっているそうです。陛下ご自身も、父親から同じ目に遭《あ》わされたからと。父親を殺して、その妻も殺して、妹はユクステールごと潰《つぶ》すつもりだと……それは、本当ですか？」

タールグは言葉に詰《つ》まった。王子はしっかりとこちらを見つめて、悲しそうな顔をしていた。

「……父を手にかけて義母を処刑《しょけい》したのは本当だ。妹もそうしたいと思っている。だが今のところは、ユクステールに攻め込む気《せ》はない」

「今のところ……？」

タールグはまた苛々《いらいら》とし始めた。なぜ裏切った男が、こちらを糾弾《きゅうだん》するのか。だが一方で、冷静になりつつもあった。

王子がカリアプトの諜報《ちょうほう》活動をしていたことなど、何もおかしいことではない。こちらが勝手に信じただけだ。最初は疑っていたのに、不覚にも懐柔《かいじゅう》されていた。自分の落ち度だ。

それならば、より強固な監視《かんし》下に置くしかない。

タールグは王子をガバッと引き寄せ、両手で首の下から胸を触《さわ》った。

「なっ、何を……」

「念のための確認だ」

タールグは無機質に体をべたべたと触り、身をかがめて下半身をさらに調べた。ズボンの上から、這《は》うように手を滑《すべ》らせる。王子は上擦《うわず》った声を上げた。

「そんな、僕は……っ、僕がここで、何かこの国の重要なことを知れるわけがないじゃないですか！」

「靴《くつ》を脱《ぬ》げ」

王子はぎゅっと唇《くちびる》を噛《か》み、おとなしくその言葉に従った。靴を調べ、爪先《つまさき》に至るまで念入りに確認したが、当然何もない。王子の顔は羞恥《しゅうち》でなのか、真っ赤になっている。

タールグは靴を履《は》き終えた王子の手首をつかみ、食堂を出た。異変に気がついたのだろう、付き人や通訳、護衛兵が血相を変え、すぐ入り口で控《ひか》えている。

「王子は今日から、宮殿《きゅうでん》で生活する」

タールグは高らかに宣言すると、青ざめた者たちの中を突《つ》っ切って、玄関《げんかん》へと向かった。外に出て、馬をつないだところまで王子を連れて大股《おおまた》で歩く。王子は足がもつれそうになりながら、必死についてきた。タールグは愛馬の前で、顎《あご》をくいとしゃくった。

「乗れ」

「乗馬は上手《うま》くなくて……」

「俺は得意だ」

タールグは戸惑《とまど》う王子を鞍《くら》に乗せ、自分は鞍の後ろにまたがった。

「最近、ここまで毎回来るのが面倒《めんどう》だった。ちょうどいい」

腕《うで》の中に、ひとまわり小さい王子の体がある。

重要なことを知らないなら、すべて見せてやろう。それでどんな動きをするのか、一挙手一投足を監視してやる。必ず尻尾《しっぽ》をつかんでやる。そして裏切りの対価を、必ず払《はら》わせてやろう。

タールグの中に、憎《にく》しみと苛立ちと悲しさが並んでいる。さっき見た笑顔《えがお》も。

宮殿に着くと、皇帝《こうてい》は寝室《しんしつ》にベッドをもう一台入れるように命じ、レオナの寝巻《ねま》きを用意するように言いつけた。レオナは寝室の横にある小さな部屋に連れていかれ、皇帝の目の前で着替《きが》えさせられた。

これからどうなるのだろう。レオナは恐ろしくて仕方がなかった。さっきの激昂《げきこう》がよみがえる。いつも冷淡《れいたん》な雰囲気《ふんいき》を漂《ただよ》わせている男が烈火《れっか》のごとく怒り狂《くる》う様子は衝撃《しょうげき》的で、思考が停止して動けなくなってしまった。

あの手紙の暗号がバレるのは時間の問題だっただろう。でももう送らないでとは書けなかった。レオナが出す手紙はいつも皇帝がチェックしていたから。でもそれが突然途絶《とつぜんとだ》えれば、弟はいよいよ噂《うわさ》が本当だと思いはしないだろうか。そうなったら、ユクステールの警戒《けいかい》は高まり、最悪、戦争へと発展しかねない。

自分がそれを止めないといけないのだ。だがそんなこと、できるのだろうか。

レオナは皇帝に連れられ、寝室に入った。広いが、さほど豪奢《ごうしゃ》とも言えないさっぱりとした部屋に、簡易のベッドが運ばれている。護衛兵が部屋の各隅《すみ》に立っていた。

「今日から、ここで寝てもらう」

皇帝は冷たく言うと、自分は着替えることもなくベッドに横になって背を向けた。

とりあえず、今すぐ殺されたり、拷問《ごうもん》されたりすることはなさそうだ。レオナもおずおずと横になったが、目が冴《さ》えて眠《ねむ》れない。

とても長い一日で、ひどく疲《つか》れているのに。

皇帝に農業指導を頼《たの》まれて、本当にうれしかった。自分を認めてくれて、出来の悪い収穫《しゅうかく》を十分だと言ってくれて。でも好意が相手にバレていたのがいたたまれなかった。

しかも、今はそれが皇帝を騙すためだと思われている。悲しくてやりきれない。本当に好きなのだと信じてもらうには、どうしたらいいのだろう。

でも何か言ったところで、全部弁解の言葉にしか聞こえないだろう。それはさらなる不興を買うに違《ちが》いない。だからとるべき態度は一つだ。今までと変わりなく、好意はさらに奥深くに隠《かく》す。

レオナはいつしか、浅い眠りに入っていった。


それ以降、レオナはすべて皇帝と行動を共にした。あらゆる会議も、三度の食事も、寝る時も。風呂《ふろ》や手洗いではさすがに一人だったが、常に監視の目はあった。ひどく辛《つら》いことは特にないが、誰《だれ》かと話すことはできないし、皇帝も話さない。当然、外に出ることもできなかった。でもまだこの時期でよかったと思っている。畑や庭の作業がほとんどないからだ。だがこれがいつまで続くのだろう。

宮殿で生活するようになってから、早くも二ヵ月が過ぎようとしている。

寒さの厳しい日だった。厚いカーテンで覆《おお》われた窓辺から、重い冷気がムカデのように忍《しの》び寄り、寝巻きに着替えたレオナは身震《みぶる》いした。

皇帝は寝室に続く支度《したく》部屋で、付き人たちの手により寝巻きに着替えさせられている。レオナはベッドに腰掛《こしか》けて、砂糖大根の植えつけについて考えていた。

ユクステールで、ここと同じくらい北にある場所にいたこともあるが、こちらのほうが底冷えする。砂糖大根は寒さに当てたほうが甘みが増すから、こちらでは植えつけ時期を遅《おそ》くして、収穫を遅《おく》らせたほうがいいかもしれない。糖度を増せたら、大きく育たない分の穴埋《あなう》めになるだろうか。だが種をまく時期を遅くすると夏に近づき、カリアプトでは雨が多くなる。根腐《ねぐさ》れしてしまう可能性が高くなるだろう。

うーん、と考えて、あっとひらめいた。

――そうか、直《じか》まきしなければいいのか。

かなり育つまで苗床《なえどこ》に置き、雨が少なくなる時期に植え替《か》えればどうだろう。

「ユクステールの北方で、不穏《ふおん》な動きがある」

突然《とつぜん》話しかけられ、レオナは驚《おどろ》いて目を上げた。ナイトガウンを羽織った皇帝が、目の前に立っている。言葉を直接交《か》わしたのは、あの日以来初めてだ。

皇帝は護衛兵も付き人も部屋から出るように言いつけ、誰もいなくなるとレオナの腕をつかんで自分のベッドに座らせた。

「北方の様子を気にしていたのは、あらかじめこうなることが予測できていたからか？」

レオナは一瞬《いっしゅん》言葉に詰まったが、正直に告白した。

「予測というか……当然そうなるだろうと思っただけです」

皇帝は、無表情で聞いていた。真意が読めないことの恐怖《きょうふ》と話しかけられた喜びが、代わる代わるレオナの中で翻《ひるがえ》った。

「前にお話ししたように、ユクステールの北のほうはかなり貧しいです。しかも、もともと少数民族が多い地域です。僕は何度か行きましたが、王政に不満を持ってる人が多くて、何か機会があれば、独立運動が起きるんじゃないかと……。でも結局そこまでできるほど余裕《よゆう》がないんです。年によっては、生きるか死ぬか、みたいな冬もある」

「そこに弟が派遣《はけん》されたと？」

レオナは、この他国の施政《しせい》者にどこまで相談すればいいのか、考えあぐねていた。個人的には、この人を信じたい。だが国のこととなった場合は、非情な君主となるだろう。たぶん、そういう人だ。

「……寒くなってきたな」

皇帝はガウンを脱ぐと、ベッドの上掛《うわが》けを剥《は》いで、横になった。

「添《そ》い寝しろ。そのほうが温かい」

レオナは声を出せないほど驚いた。しかし皇帝はレオナのほうを見ずに、淡々《たんたん》と告げた。

「カリアプトでは普通《ふつう》のことだ」

その言葉に納得《なっとく》して、レオナも横になった。皇帝の怒《いか》りが少し治まったのだろうか。

レオナは迷いながら、ずっと言おうと思っていた言葉をおずおずと舌先にのせた。

「陛下、あの……内密に弟とやりとりをしていたこと、申し訳ありませんでした。疑われても、仕方のないことだと思っています」

皇帝は黙《だま》ったまま、少ししてうなずいた。今、何を考えているのか全然わからない。でも、こうして話ができたことがうれしくて、レオナは話の接《つ》ぎ穂《ほ》を探した。

「不穏な動きというのは……反乱が起きそうな予兆があるということですか？」

「ごく小さいものだがな。今年は越《こ》すのが楽だから、そういう動きも出るのかもな」

弟はどうしているのだろう。最近、心配でたまらない。手紙は来ているのだろうか。

「お前の弟は、敢《あ》えてそういう地にやられたということだな？　王のことは、お前はどこまで知らされている？」

レオナはひやりとしてから、観念した。この人の前で隠しごとをしたり、嘘《うそ》をついたりなんて、自分にはやっぱり無理だ。

「父は……王は、夏ごろから臥《ふ》せっているようです。今は兄がほとんどを仕切っているとか。弟の領地替《が》えの決定も兄がしたと聞きました。北を守る辺境伯《はく》もかなり高齢《こうれい》でしたから」

「辺境伯は、現王の叔父《おじ》だな？」

「はい」

それまで仰向《あおむ》けに寝て話をしていた皇帝が、こちらを向いた。

「弟王子に宛《あ》てて密書を送る。そこに、サインしろ。サインならできるな？　絵も描《か》け」

レオナは驚きでパチパチと目をしばたたいたが、黙ってうなずいた。

「……もしユクステールを滅《ほろ》ぼすと言ったら、お前は俺を恨《うら》むか？」

ショックで返事ができなかった。ただ、争いは嫌《いや》だと思った。レオナは育てることが好きだ。戦争は、育てたものを破壊《はかい》する。

皇帝《こうてい》は再び顔を天井《てんじょう》に戻《もど》し、目を閉じた。レオナはなかなか眠ることができなかった。


外がほんのりと白み始めたころ、タールグは寒さで目が覚めた。横を見ると、ベッドの端《はし》で王子が横向きに寝ている。顔はこちらに向いていて、近くに寄ると温かくて心地《ここち》いい。

タールグは眠る王子の顔をじっと見ていた。黒いまつ毛は密に生えていて、意外と長い。頬《ほお》にはいくつかそばかすが浮《う》かんでいる。ここ最近ずっと建物の中にいるせいか、肌《はだ》がいくぶん白くなっていた。寝顔《ねがお》は、起きている時よりあどけなく見える。

この二ヵ月、ずっと一緒《いっしょ》にいた。王子は前と何も変わらない。極度にタールグを恐《おそ》れることもなく、媚《こ》びへつらうこともなく、弁解を試みようとはせず、ただそばにいた。

王子が諜報《ちょうほう》活動をしていたのか、結局はっきりとした証拠《しょうこ》はない。弟に宛てた手紙はすでになく、これまで来た手紙も密《ひそ》かに調べたが、確かにユクステールの内政を伝えるもので、王の話もそこにあった。当然、おかしな動きもしていない。

——いや、おかしいと言えばおかしいか……。

王子を、かなり重要な、それこそ機密に関《かか》わるような会議にも連れ回していたが、しばらくするともう十分だと思うようになった。彼は部屋の隅で寝ないように、いつもがんばっていたからだ。

完全に寝《ね》ているように見えるなら、寝たふりをして会話に集中しているのかとも思う。でも王子は、ほとんど半目になって舟《ふね》を漕《こ》ぎ、ガクッと頭を下げてから、またぱっちり目を開けて元の姿勢に戻る動きを繰《く》り返していた。それを見るたび、つい笑いそうになってしまう。

頭を壁《かべ》にぶつけて大きな音を立てた時は、大臣たちから白い目を向けられていた。そういう時はさすがに目が覚めるのか、小さくなってじっとしている。

基本的に服は脱《ぬ》ぎっぱなし、物は出しっぱなし、それをまとめて片付けようとして物を壊《こわ》し、置き忘れ、普通に歩いているだけで転ぶ。風呂や厠《かわや》でも監視《かんし》の目を向けていたが、こいつはいろいろな意味で一人にしてはおけないなということがわかっただけだった。

そういういつもの姿が、タールグの怒りを少しずつ和《やわ》らげた。同時に、週に一度のくつろぎの時間が失われたことを残念に思った。王子と話す機会がなくなったことも。

だから話すきっかけを探していたが、ちょうど話題ができた昨日の夜、久しぶりに話をした。タールグのもとに集まる情報と、王子が語る話には齟齬《そご》がなかった。他《ほか》に見落としていることがあるのだろうか。

だが無防備に眠《ねむ》る王子を見ていると、この男にそんな器用なことができるだろうかという疑問がまた湧《わ》き上がる。「男同士で添い寝するのは普通」と言われて、すぐに信じてしまうようなお人好《ひとよ》しだ。自分に非はないと思っているのに謝るなんて、王族としてやっていけるのか。

タールグはそっと手を伸《の》ばし、王子の頰にちょんと触《ふ》れた。

「ん……」

王子が少し身を揺《ゆ》らしてから、一瞬でまた深い眠りにつく。いい気なもんだ。

信頼《しんらい》されているのだろうか。いや、何もしないだろうと、タカをくっているのか。もしこれが演技で、わざとやっているのだとしたら、今度こそ許さないとタールグは思った。

不器用なふりをして、気がある素振《そぶ》りをして。実は全部嘘だとしたら、それは裏切りだ。このタールグ・マト・カイリアークに対する背信行為《こうい》だ。

王子は、俺を好きなはずじゃなかったのだろうか。

――好きじゃなかったのかもしれない。

タールグは、王子の顔をじっと見つめたまま、身じろぎ一つしなかった。

王子は、甘い言葉に一度たりと反応したことはない。気まずそうな顔をするか、無視するかだけで。そうしたら、一方的にこちらが勘違《かんちが》いしていただけだというのか。いや、そんなはずはない。

不意に、胸の中を搔《か》きむしりたい衝動《しょうどう》に駆《か》られた。だが何か一つ膜《まく》があって、痒《かゆ》いところに手が届いていないようなもどかしさを感じる。

その膜を剝がすのは怖《こわ》かった。血が出そうな予感がする。でもたぶんそこに、自分の弱さが隠《かく》れている気がした。だから、タールグはひたすら考えた。

もし信頼している別の者——たとえば通訳のガーフが諜報活動をしていたとしたら。驚きはするだろうが、ここまでショックを受けるかはわからない。許しはしないが、こちらをよく欺《あざむ》いていたなと感心はするかもしれない。

でも王子に対してはそうは思えなかった。自分を裏切ったという以前に、彼がそういう行動を取ること自体が嫌だった。

王子は政治的活動とは無縁《むえん》の、植物を心から愛する素朴《そぼく》な人間であらねばならない。いつも素直《すなお》で、気の優《やさ》しい人間であらねばならない。

字を読むのも苦手、人の気持ちを読むのも不得手、だからこそ策謀《さくぼう》などできない不器用で誠実な存在。そうあってほしいと勝手に願っている。

そして、そういうレオナ＝ナジク・ユクステールは、タールグ・マト・カイリアークを愛さなければならない。

タールグは、ようやく気がついた。

自分は……愛されたいのだ。レオナから。でも愛されてはいない。頭のどこかでわかっていたはずなのに、それを突《つ》きつけられた気がしたから憎《にく》かったし、悲しかった。

剥ぎ取った膜の奥にあるものに気がついた今、この瞬間《しゅんかん》、タールグは猛烈《もうれつ》に恥《は》ずかしく、いたたまれない気持ちになった。落とすはずが、落とされていたのだ。いつのまにか、負けていたのだ。庭や畑のことしかできない、愛すべきぼんくら王子に。

二ヵ月前のような怒りや悲しみをもう一度味わわされたら、もう殺してやりたい。

――だが殺したら……俺はきっと後悔《こうかい》するだろう。

レオナを殺したくはない。だから彼が裏切らなければいい。

タールグはさらに身を近づけた。首筋に温かな寝息《ねいき》がかかる。心が、体が、頭の中がカッと熱くなった。男を抱《だ》いたことはない。女の体と男の体、どちらに欲情するかと問われたら、女の体と答えるだろう。でもレオナなら抱けるかもしれない。心を手に入れるために抱く必要があるなら、いくらでも抱く。

そうだ、レオナを裏切らせないようにするのは、簡単だ。こちらを好きにさせればいい。裏切るなんて考えられないほど、深く。やることは前と変わらない。もっとうまくやればいい。

あの日レオナは、笑いかけてくれたのだから。

――この俺に、できないことなんてない。

その時、レオナがふと目を覚ました。しばらくぼうっとしてから、急にハッとなる。

「目が覚めたか？」

怯《おび》えた顔で、レオナが見上げた。

二ヵ月前から、二人の関係は振《ふ》り出しに戻ってしまった。どちらが悪いのかは、今は考えないでおく。まずはレオナを安心させることから始めなければならない。

タールグは今までしていたように笑顔《えがお》を作ろうとした。だがレオナはオドオドと目を逸《そ》らし、息を詰《つ》めて、体を硬《かた》くさせている。タールグの顔から、すっと表情が抜《ぬ》け落ちた。

どうしたら笑いかけてくれたあの日に戻れるのだろう。まずは話をしなければ。

「お前は本当に俺を裏切っていないんだな？」

レオナは上目遣《うわめづか》いにタールグを見て、唾《つば》を飲み込んだ。喉仏《のどぼとけ》が上下するのがわかる。

「……はい」

タールグは深い緑の瞳《ひとみ》をじっと見つめた。この瞳が自分だけを映すようにと、念じながら。

さらにタールグは息がかかるほど顔を近づけた。レオナはまばたき一つせずに、目を見開いている。口がかすかに開いていた。

このぼんやり開くことの多い唇《くちびる》が、誰《だれ》かにまた奪《うば》われないよう、しっかり閉じさせないといけない。

タールグは唇をレオナの唇に重ねた。柔《やわ》らかく幾度《いくど》か食《は》んでから、舌を中に滑《すべ》り込ませる。この舌が他の人間の名前を呼ぶことのないように、しっかりと自分の名を教え込まなくてはいけない。

タールグはレオナの体を押さえつけ、次第《しだい》にのしかかり、舌を舐《な》め、吸い、絡《から》めては捻《ねじ》りこませ、長い間貪《むさぼ》った。頭の芯《しん》がとろけそうなほど気持ちがいい。こんなのは初めてだった。

帝位《ていい》に就《つ》く前には、子ができないように細心の注意を払《はら》いながら、一夜限りの相手に性欲を発散させていた。でも今の快感は、それの比ではなかった。

——裏切ろうなんて思えなくなるほど、俺に溺《おぼ》れさせてやる。

裁判沙汰《さいばんざた》になった付き人とは、本当はどこまで関係していたのだろう。嫉妬《しっと》が燃え上がり、タールグはビクンと動くレオナの顔を押さえて何度も顔を傾《かたむ》けた。他のやつとこうしていたと思うだけで、レオナが憎くてしょうがない。

顔を離《はな》したタールグは、荒《あら》い息を吐《は》きながら一気に言った。

「……もし俺を裏切ったら、お前を殺してやる」

レオナの顔色が青ざめる。その目にはうっすら涙《なみだ》が溜《た》まっていた。

それを見たタールグはふと我に返り、事態を整理するのに少し時間を要した。

本当は話をしようと思っていたはずなのに。気がつけば強引《ごういん》に口を重ねてしまっていた。しかも思っていることをそのまま言葉にしてしまい、また怖がらせてしまった。

タールグは、ひどい自己嫌悪《けんお》に陥《おちい》った。失言を、すぐに訂正《ていせい》しなければならない。

「……今のは、なかったことにしてくれ」

ちょっと頭を冷やしたほうがいい。タールグはすぐにベッドを出て、着替《きが》えのために付き人を呼んだ。

皇帝《こうてい》が支度《したく》部屋で着替えている間、レオナはショックと自己嫌悪に苛《さいな》まれ、ベッドの中で体を丸めていた。

目が覚めたらびっくりするくらい近くに皇帝がいて、怖い顔でじっとこちらを見つめていた。それだけでも混乱するのに、皇帝は終始無表情で、レオナが裏切ってないのか念押しして、突《とつ》然《ぜん》口づけをしてきた。

やはりずっと疑われていたのだ。レオナは好きなフリをしていただけだと。それが本当か確かめるために、あんな激しい口づけをしたのだろう。さすがに、レオナにだってわかる。

それなのに、好きな相手から重くのしかかられて、体は昂《たか》ぶった。そして二ヵ月満足に自慰《じい》もしていない体は、何度か舌を丁寧《ていねい》に吸われた瞬間、あっけなく快楽を放出してしまった。

口づけの直後の、鬼気《きき》迫《せま》る表情で言われた「殺してやる」という言葉。そして、あの激しい行為を「なかったことにしてくれ」というつぶやき。もう意味がわからない。

レオナが興奮していることに気がつき、嫌悪感《けんおかん》を抱いたのかもしれない。自分が本当に好かれていることを知り、レオナに釘《くぎ》を刺《さ》したのかもしれない。あんなにくっついていたのだから、出てしまったことはなんとなくわかるだろう。体全体がビクンと動いてしまったのだ。

——恥ずかしすぎて、死にたい。

疑われることはなくなったかもしれないが、濃厚《のうこう》な絡み合いはなかったことにされた。

皇帝は、別にレオナのことを好きでもなんでもないということだ。もともと目的があって、好意のあるふりをしていたのだろうし。

悲しくてしょうがなかった。それなのに、今日もまた一日中顔を突き合わせなくてはいけないのか。

しかし皇帝は支度を済ませると、そのまま部屋を出ていったようだった。しばらくして起き上がると、皇帝の付き人の一人が声をかけてくる。言われるがままに着替えを済ませた。

「陛下は……？」

「今は朝食をお召《め》しでらっしゃいます。殿下《でんか》のご朝食は、こちらに運ぶよう仰《おお》せです」

じゃあ、今日は一緒《いっしょ》にいなくていいのだろうか。

最初はホッとしたが、一人で品数の多い朝食を食べていると、また寂《さび》しさと悲しさが襲《おそ》ってくる。朝からこんな立派な食事が出るのに、よく毎週レオナの作った粗末《そまつ》なものを食べていてくれたものだ。あのころの皇帝は、本当に信頼《しんらい》してくれていたのだと思う。

思わず涙が出そうになったが、信頼を取り戻《もど》すために何をすればいいのか考えた。

自分にできることは、ただ一つだ。

——作付けを、がんばろう。

それから、母国との戦争をなんとか止めたい。

レオナは、温野菜のマリネをもぐもぐと噛《か》みながら、一人で大きくうなずいた。

朝食後、しばらく窓の外を眺《なが》めてぼんやりしていると、横にある小部屋で皇帝を待つように言われた。昼食を一緒にとるらしい。朝食から昼食までの間の膨大《ぼうだい》な決裁が終わったのだ。

レオナはしばらくずっと皇帝のそばにいたから、その忙《いそが》しさはよくわかっている。皇帝は昼食後に各種の会議に顔を出し、それが終わると剣《けん》と射撃《しゃげき》などを含《ふく》めた鍛錬《たんれん》をする。その後風呂《ふろ》と夕食を済ませると、今度はいろいろな報告書にひたすら目を通す。

基本的にレオナは部屋の隅《すみ》でただそれを見ているだけだったが、さまざまな皇帝の姿に心ときめかせてしまう自分が嫌《いや》だった。とはいえ、見ているだけで疲《つか》れてしまうことも多く、たいてい決裁や会議の時間は部屋の隅でうたた寝《ね》してしまうのだが。

レオナが小部屋のテーブルで待っていると、皇帝が入ってきた。すぐに昼食が用意される。毒見役が確認《かくにん》する間、レオナの向かいにいる皇帝はむっつりと黙《だま》ったままで、視線を合わせることはしなかった。

そのまま無言で二人とも食べ終わると、皇帝は給仕《きゅうじ》の人間や付き人たち、護衛兵をすべて部屋から出した。

「……朝は、悪かった」

レオナは息を呑《の》んで皇帝を見つめた。向こうは視線をテーブルに落としていた。

「突然、どうかしていた」

確かに、どうかしていたのだろう。

「……大丈夫《だいじょうぶ》です、気にしていません」

蚊《か》の鳴くような声で答えると、皇帝はパッと目を上げて口を強く引き結んだが、また視線を横に流した。

「ハルイ王子宛《あて》の密書を用意した。あの種の暗号と同じ手法だ」

皇帝は席を立ち、机の引き出しの鍵《かぎ》を開けて中から一枚の紙を取り出した。それをレオナに渡《わた》し、自分は椅子《いす》を横に持ってくると、一つ一つの単語を指差しながら説明を始めた。

「……皇帝がこの手紙を用意した、より細かい文書のやりとりを望んでいる、と書いている」

「……ユクステールに、攻《せ》め入るおつもりですか」

レオナは声の震《ふる》えを抑《おさ》えながら、静かに訊《き》いた。皇帝の青い瞳が、鈍《にぶ》く輝《かがや》く。

「なぜ俺が、ユクステールの北方に不穏《ふおん》な動きがあるという情報を得られたのだと思う？」

レオナは目を伏《ふ》せて答えた。

「……諜報《ちょうほう》活動をしていたから」

「確かに諜報といえばそうだが、情報が向こうから来るのだ。北方の部族から」

「……もしかして、アキ族ですか。裏では独立運動をしている」

「そう。さすがよくご存じだ」

皇帝は椅子の背もたれに体を預けた。

「彼らは自治が認められることを条件に、カリアプトに編入したいと言っている。こちらではユクステールと違《ちが》って、言語や文化の強制もないしな。独立運動を支援《しえん》してほしいそうだ」

少数民族の中でもアキ族は最大数を誇《ほこ》る。これまでの反乱は彼らが中心となって起こしたものがほとんどだ。だが彼らの前時代的な武器では辺境伯の軍隊に到底《とうてい》勝てず、これまでは毎回鎮圧《ちんあつ》されてきた。加えて厳しい冬を挟むと、食糧・事情で継続的な運動は断念される。

しかしカリアプトが武器の供与《きょうよ》や物資の提供を行えばどうだろうか。万全の態勢で挑《いど》まれたら——まだ経験の浅い弟、ハルイ王子が、抑えこめるのだろうか。

「ユクステール側は、到底カリアプトへの編入など認めないだろう。だが俺の一存で、カリアプトは表に出ることなく、北方の情勢を変えることもできる。ハルイ王子がそれを平定できるかは……わからないな」

レオナの眉間《みけん》にくっと力がこもった。

「北方で代理戦争をすると、そういうことですか」

「……どうして殿下は、ユクステールでは愚《おろ》かだと言われていた？」

レオナは困惑《こんわく》に目を見開いて、すぐ横で身を乗り出した男を見た。人の奥まで見透《みす》かすような強い視線がまっすぐに注がれていた。

「書き方が工夫《くふう》されているものなら、時間をかければ読めるんだろう？　人の思惑《おもわく》を読み取れないというが、普段《ふだん》のやりとりに支障はない。確かに王族に求められる危機管理的には不十分なのかもしれないが」

「……もうずっと、周りから下に見られてきたので、わかりません」

「こちらの言葉は、最初からわかっていたか？」

レオナが怪訝《けげん》な顔をすると、「共通語を話せるようになったのはいつからだ？」と重ねて訊かれた。

「……こちらに来てからですが」

途端《とたん》に早口の共通語で何か語りかけられ、レオナは目を白黒させた。

「すみません、まだあまりわからないので、もう少しゆっくり話してもらえませんか」

「……いや、独り言みたいなものだから気にしないでくれ」

皇帝《こうてい》は大きく息を吐《は》くと、再び椅子の背もたれに体を預けた。

「裁判で国外追放を命じられたお前の元付き人は、一度も国外に出た形跡《けいせき》がなさそうだ」

「……どういうことですか？」

レオナはさらに混乱して、体ごと皇帝のほうに向いた。

「事件は、最初から仕組まれたものだったのでは？　現場を見たのは兄だったそうだな？　五人いる王子のうち、お前とすぐ下の弟だけ母が違う。裁判沙汰《さいばんざた》にして、第二王子の王位継承《けいしょう》権を兄弟のうちもっとも下にすることに成功した。次はその弟……ハルイ第三王子を北方に任じている」

「あの、すみません、キリヤ……その僕の元付き人は、追放されてはいなかったと？　じゃあ今ひどい暮らしをしていることはないんですね」

皇帝は眉間に皺《しわ》を寄せて「そのようだが」と低く答えた。

「……よかった」

自分のせいで、彼の人生が狂《くる》ってしまったわけではなかったのか。

レオナがポツリと漏《も》らした言葉に、皇帝は冷めた表情を浮《う》かべた。視線を逸《そ》らし、小さくつぶやく。

「……本当に、愚かだな」

聞こえないように言ったのかも知れないが、レオナの耳は確かに捉《とら》えた。よく聞く言葉だったからだ。でもこの人に改めて言われると、より悲しさが増した。

皇帝は脚《あし》を組んでしばらく黙り込んだ。コツコツと指でテーブルを叩《たた》く音だけが、小さな部屋に響《ひび》いていた。

「……これは取り引きだ、レオナ王子。弟を説得し、ユクステールから離反《りはん》しろ。ユクステールの北方はハルイ王子の統治国として、カリアプトと同盟を結ぶ」

レオナは呆気《あっけ》に取られ、ポカンとした。

「そんなふうに口を開くんじゃない」

怒《いか》りまじりの口調でたしなめられて、レオナはぎゅっと口を閉じた。

「ユクステールを分断しろと……？」

「一時的にな。我が妹は、俺がユクステールにいつか攻め入ると触《ふ》れ回っているそうだし、向こうも警戒《けいかい》を強めているだろう。だが不可《ふか》侵《しん》条約がある。お互《たが》い、手出しはできない。しかし早晩、北で大規模な反乱が起きる。もし兄王子がハルイ王子を真に排除《はいじょ》したいと考えているなら、この反乱の渦中《かちゅう》に暗殺するだろう。あるいは、反乱平定にかかりきりにさせることが、一番の狙《ねら》いかもしれない。ハルイ王子もそれを警戒しているからこそ、お前に手紙を頻繁《ひんぱん》に送るようになったのでは？　カリアプトはハルイ王子を支援し、アキ族の自治区域のみ、カリアプトへの編入を要望する。王子の統治国とも同盟を結べば、お前の兄もおいそれと手を出せないはずだ」

「……もし僕が、その案を飲まなければ、どうするおつもりですか」

殺されるのか。だが人質《ひとじち》を殺せば、ユクステールとの全面戦争になってもおかしくはない。

皇帝は視線を上に向けた。

「……それは、考えていなかったな」

「え？」

「お前の性格なら、弟を助けるだろうと思った」

皇帝の言葉の意味を考えようとした。頭の切れる施《し》政《せい》者が、選択肢《せんたくし》のその先を考えないなど、あるのだろうか。でもレオナにはよくわからなかった。

皇帝は相変わらず無表情で、裏の感情など読み取れるはずもない。

「……僕は戦争は嫌《いや》です」

「今の案なら、もっとも血が流れないで済むだろう」

「……でも兄が弟を狙うという確証はありません」

「だからハルイ王子とやりとりをしたいと言っている。だが俺の予想は外れてはいないはずだ。このままいけば、たぶん弟の命は危《あや》ういぞ」

レオナは額に手を当てて考えこんだ。

ハルイがその案を飲むだろうか。たとえレオナが説得したところで、皇帝から脅《おど》されているとしか思えないだろう。

今、ここで皇帝の狙いをはっきりさせておかねばいけない。母国の命運がかかっている。

レオナは額から手を外し、背筋を伸《の》ばして皇帝を見据《みす》えた。

「……陛下は、何をお望みなのですか。ユクステールの全領土ですか。妹君の処刑《しょけい》ですか」

「両方だな。俺は欲深い人間だ。……だがどちらも、真の望みじゃない」

皇帝は身を近づけ、耳元で囁《ささや》いた。

「弟を説得すると約束するなら、俺はお前を信じる、レオナ」

テーブルの上に置いていた手に、ひとまわり大きな手が重なった。

「……俺を裏切らないと誓《ちか》え。そうしたら、弟の統治国に手を出すことは絶対にしない。だがお前を虐《しいた》げていた王や兄の一族を許しはしない」

それは、ユクステールの南側……王都を陥《おと》すという意味だろうか。

レオナは恐《おそ》ろしくなり、手をすっと引いた。

「僕は……裏切ったりしません。誰《だれ》のことも」

この人の真の望みとはなんだろう。

「僕はあなたのことも裏切るつもりはないし、母国も裏切るつもりはありません」

皇帝は大きくため息をつき、髪《かみ》をかき上げた。

「じゃあ弟は？　北方の民《たみ》はどうする？」

「それなら、武器ではなく、まず食糧を弟宛《あ》てに送ってください。それを受け入れ、民に分配するように説得することならできます。反乱の本質には困窮《こんきゅう》があります」

皇帝はしばらく黙《だま》っていたが、「わかった」と言った。レオナはホッとして、一気に体の力が抜《ぬ》けた。

「それは約束する。だが一つ確認《かくにん》したい。俺を裏切っていないという言葉に嘘《うそ》はないんだな？　それなら、今までも演技していたことはないんだな？」

「演技？」

レオナが怪訝な声を上げると、皇帝の声と視線に熱がこもった。

「俺に気のある素振《そぶ》りをしていたのは、演技じゃなかったということだよな？」

「そんな素振りしてません」

レオナは真っ赤になった。むしろ隠《かく》していたつもりだし、どうして今それを責められるのか、まったくわからない。

「嘘だ。表情でわかる。目が合いそうになると逸らすくせに、いつもこちらをじっと見つめていた。腕《うで》に触れたら、首まで真っ赤になるくせに。俺のために、いろんな菓子《かし》を作ろうと努力していたことも知っている」

レオナは思わず顔を両手で覆《おお》った。そんなことを今ここで暴《あば》いてどうしようというのか。それで忠誠の証《あかし》を得たいのか。裏切らないと何度も言っているのに。

「前の付き人のことは忘れろ」

「それは別の問題でしょう⁉」

レオナが手を離《はな》して思わず反論すると、皇帝は立ち上がった。

「お前を嵌《は》めたやつの身を案じてどうする！」

「破滅《はめつ》的な人生を送ってるわけじゃないとわかって、よかったと思っただけです！」

皇帝の拳《こぶし》がぐっと握《にぎ》られるのが見えた。理由はわからないが、殴《なぐ》られるのではないかと思い、レオナは怯《おび》えた。

「立て」

レオナは身をすくめながら立ち上がった。

「今は、俺のことが好きなんだろう？　違《ちが》うか？」

なんと言えば怒《おこ》らせずに済むのか、レオナにはわからなかった。目を合わせることもできない。皇帝は苛立《いらだ》ったように言葉を重ねた。

「何か返事をくれ」

「はい、好きです」

他《ほか》に返事のしようがなかった。皇帝は何度かうなずくと、「会議がある」と言って部屋を出ていく。レオナは、思わずへなへなと椅子《いす》に座り込んだ。

とりあえず、母国の分断は避《さ》けられてよかった、とだけ思った。

タールグが部屋を出ると、入り口に控《ひか》えていた侍従《じじゅう》や護衛兵が魚の群れのようについてきた。

「大臣たちを待たせてしまっているか？」

侍従から「わずかばかり」という返事がくる。大股《おおまた》で宮殿《きゅうでん》内を移動しつつ、タールグは興奮を少しずつ鎮《しず》めた。

レオナが自分を好きだと認めた。好きですと。

好きです、と……。

タールグは胸の中で何度も噛《か》み締《し》めた。その言葉を信じようと思う。

まだ付き人に未練はあるのかもしれないが、時間が解決するだろう。裏切られていたことを知らされたのに、レオナはそんな最低な男の身を案じた。激しい嫉妬《しっと》を覚えると同時に、そういうレオナがまた好きになり、自分は本当に愚《おろ》かだと思ってしまう。

レオナの言葉は一貫《いっかん》していて、争いを避けたいという気持ちはよくわかった。そして嘘のない、賢《かしこ》い人間だということも。言語の習得についても、やっぱり嘘はなかった。ありったけの愛の言葉を早口で吐《は》いたのだ。もしレオナが共通語をきちんと習得していたとしたら、あの性格なのだから赤面せずにはいられなかっただろう。

レオナは状況《じょうきょう》を把握《はあく》し、政局を見通し、自分の意見を臆《おく》することなく言うことができる。もともと頭はいいのだ。

とりあえず弟のハルイ王子に連絡《れんらく》は取るが、レオナとの約束通り、食糧支援《しょくりょうしえん》の話にとどめよう。それで信頼《しんらい》を得ていくのも悪い戦法ではない。

タールグは深く息をした。何度かさっきの場面を思い返す。幾度《いくど》でも、甘い空気を吸いたい。

しかし冷静になるにつれ、次第《しだい》に気持ちは沈《しず》んでいった。

あの状況で、否《いな》と言えるだろうか。あれでは無理に言わせたも同然じゃないか。

向こうから自然に出たものじゃないと、意味がないのに。

レオナへの想《おも》いを自覚してから、うまくやれていない。いつもの冷静さを欠いている。特に朝の口づけはまずかった。レオナは「気にしていない」と言っていたが、表情を見る限り、思い切り気にしている。

あれは嫌《きら》われても仕方がないだろう。好意を持っている相手に対して、最低最悪の行動だ。

タールグはため息をつき、侍従を呼んだ。

「王子は下の階の鶸《ひわ》の間に移し、幽閉《ゆうへい》する。その世話役として、イーサン・ビョーク護衛官とケイジ・ストラトス補佐《ほさ》官を再び王子の付き人に任命する。会議後、私の執務《しつむ》室に来るよう手配しろ」

命を受けた侍従の一人は、さっと離れて皇帝《こうてい》の言葉を伝えに行く。

王子を幽閉したとなれば、何かあったと考えるのが普通《ふつう》だろう。王子が皇帝の不評を買ったというのは、周知の事実だった。レオナへの寵愛《ちょうあい》を勘付《かんづ》かれる前に、その身に危険が及《およ》ばないよう、少しずつ整えていかねばならない。

会議場へとつくと、重臣たちがずらりと顔を揃《そろ》えていた。その中には、しばらく宮殿を離れていた国土開発大臣が出席している。金の髪を優雅《ゆうが》に垂らした男は、意外そうに言った。

「陛下、今日は噂《うわさ》の王子殿下《でんか》のお姿が見えませんが」

すでに他の者から情報を仕入れていたのだろう。この男から見れば、王子を連れ回していたこと自体が気に食わないに違いない。

「殿下は当分部屋の中でおとなしくしていただくことになった」

最近、機嫌《きげん》の悪いことが多かったらしい大臣は、満足そうにうなずいた。他の大臣もまた同様だ。

重要な会議の場に他国の王子を同席させることに対して異を唱える大臣は多かったが、彼らの意見を取り入れたという形にすれば満足させることができるだろうと睨《にら》んだ通りだった。一度反発を招くことをわざとして、その後意見を取り入れたふうを装う。そうして、自分たちの意見は通るという認識を与《あた》えていく。皇帝は、決して独裁者ではないのだと。反乱の芽は、どんなに小さなものも出させない。

この会議が終わった後は、内務大臣と外務大臣を呼び、食糧支援について相談する必要がある。ハルイ王子への密書も送らねば。

タールグはこの後の段取りを一つずつ正確に組み立てていった。

皇帝が去ってからまた移動を命じられ、レオナは一つ下の階にある大きな部屋で過ごすことになった。簡素な印象のあるカリアプトの宮殿でも、比較的装飾《ひかくてきそうしょく》が多い部屋だ。とにかく大きなタペストリーや絵画などがやたらとかけられていて、神経をかき乱す。

皇帝との対話で疲《つか》れてしまい、長椅子《ながいす》でうとうとと昼寝《ひるね》をしていたレオナは、しばらくして目を覚ました。見覚えのある二人がひざまずき、ニコニコとこちらを見ている。

「……レオナ様、おかわりありませんか」

「実はまた付き人に任じられました」

レオナは思わず飛び起きて、ケイジとイーサンに抱《だ》きついた。

「うそみたいだ……また話したかった……!」

二人は温かく笑った。

「私たちも、レオナ様の御身《おんみ》をずっと案じていましたよ」

「あの日、何があったのですか？　俺たちに話していただけませんか」

レオナは顔を曇《くも》らせて、そっと体を離した。

「……実は二人に謝らなきゃいけないことがある。弟の手紙には暗号があって、やりとりしていたんだ。それをあの日陛下が知って、この二ヵ月、監視下《かんしか》に置かれていた。でも誓《ちか》って……この国のことを弟に伝えてはいないよ」

ケイジは眉《まゆ》を寄せ、イーサンも険しい顔で黙った。二人は目を見交《みか》わし、うなずいて、ケイジが最初に口を開いた。

「レオナ様、それなら私たちもお詫《わ》びしなければいけないことがあります。実は、私たちはユクステールの言葉もわかっていましたし、レオナ様とのやりとりも週に一度、報告義務がありました」

「え……そうなの？」

「レオナ様は俺たち二人に公平に接しておられた。俺たちはある時から、情報を共有し始めました。あなたは裏表のない、信頼するに値《あたい》する人間だと、俺たちは考えています」

「でもどうやら……あなたのより細かい動向は、通訳によって陛下に伝えられていたのではないかと」

「ガーフが？」

ケイジがうなずいた。

「私の上役も知らないことでしたが……確かに通訳は詳細《しょうさい》な記録をとり、どこかに毎日届けている。恐《おそ》らく陛下に、直接」

レオナはポカンとした。

「レオナ様の付き人になってすぐの頃《ころ》、俺は陛下と面談したことがあります。すべてをご存じの様子でした。そのあとから、俺たちは二人で情報を共有することにしました」

腹の底が急に冷えてきた。監視は今に始まったことではなかったのだ。

「今回、私たちに報告義務は課せられていませんが、なぜ急に……この部屋に匿《かくま》われたのか、わからないのです」

口づけのことを言うべきか、レオナは一瞬《いっしゅん》迷った。しかしそんな恥《は》ずべきことを口にすることはできなかった。

「僕もわからない。でも陛下と話したんだ。ユクステールの領土を狙《ねら》う気持ちはあるけれど、真の望みは別にあると……僕は、陛下を裏切らないと約束した。裏切らないと誓うなら、僕を信じると陛下はおっしゃったから」

レオナはひざまずく二人の手を取り、自分の両脇《りょうわき》に座らせた。

「両国間の争いを回避《かいひ》したい。そのために、僕は自分にできることをしようと思う」

「私たちにお手伝いできることがあれば、なんなりと」

ケイジが胸に手を当てて言った。

「でも僕は、まだ陛下の信用を得ていないように思う。常に疑われているんだ。どうすれば、信頼されるのか、わからない……」

二人はホッとしたように笑った。イーサンが口を開く。

「レオナ様は……陛下を、どう思われていらっしゃるのですか」

「どうって……すごい人だと思う。いろいろな意味で」

「その……大変ご無礼を承知で……レオナ様だからお怒《いか》りにならないのではという甘えのもとにうかがいますが」

イーサンが、やけにもってまわった訊《き》き方をした。

「レオナ様は、男性が恋《こい》のお相手となるのでしょうか。もしそうなら、陛下のことはどのようにご覧になっていらっしゃいますか」

「えっ？」

レオナは恥ずかしさのあまり、たじろいだ。耳が熱くなってくるのがわかる。思わず口元を両手で覆《おお》い、目を閉じた。

「……恐ろしい人だと思うけれど、惹《ひ》かれてもいる。みんなと同じだよ」

どう言えばいいのかわからず、一般論《いっぱんろん》に逃《に》げた。

「……私たちはもう一つ、レオナ様に謝らねばいけないことがあります。ビョーク護衛官も私も、当初あなたを誘惑《ゆうわく》するようにという指示を受けていました。私たちが、同性愛者ではないことを入念に確認《かくにん》された上で、です」

「えっ、なんで……」

そもそも、誘惑されていたことを、今初めて知った。

「そのほうがいろいろ御《ぎょ》しやすいということでしょう。……失礼な言い方で申し訳ありません。この指示は、陛下が電撃《でんげき》訪問された後に撤回《てっかい》されました。ですから陛下がその役を自らされているのだと、俺たちは思っていました。レオナ様のご出自とお立場を考えれば、確かに陛下ご自身が関係を深められたほうが、いろいろ安全ですし」

レオナは息を詰《つ》めて話を聞いていた。自分の知らぬところで、さまざまな策謀《さくぼう》が張り巡《めぐ》らされていたらしい。足元が揺《ゆ》らぎ、再び世界がぐちゃぐちゃになりそうだった。

皇帝《こうてい》は敢《あ》えてレオナを誘惑している。それはわかっていたことだったが、切なかった。

「そっか……それなら陛下は、たぶんまだそれを続けているよ」

レオナは額に手を当てて、うつむいた。

「でも陛下は、今はレオナ様のことを信用なさっていると、私は思いますが」

「……信用というか……脅威《きょうい》ではないんじゃないかな。そうじゃなきゃ、さすがに添《そ》い寝《ね》の相手に選ばないと思うし……」

「添い寝とは」

「カリアプトでは、冷たいベッドを温める役がいるんでしょう？」

二人は眉間《みけん》に皺《しわ》を寄せ、難しい顔をした。

「私はまったく聞いたことはありませんが……高貴な方々の習慣にはあるのかもしれませんね」

「え……」

イーサンは「俺も知りません」と両手を上げた。ケイジは顎《あご》に手を添えて少し考え込んでいたが、レオナと目が合うとにっこり笑った。

「陛下はいつも大局を見据《みす》えてらっしゃるのでしょうが、私たちにはわかりません。私たちは、あの方にとっては手足ですらない。すべての者は……皇帝陛下の盤上《ばんじょう》の駒《こま》なんです。だからレオナ様、陛下にはあなたの御心のまま、接するのです。好意があるなら、それを見せればいいんです。こちらには炭を入れて寝具《しんぐ》を温める器具もあるんですよ。そこを敢えて、レオナ様で暖を取られている。この意味をお考え下さい。そうして、陛下の真の望みを聞き出せばいい」

「そんなこと……僕にはできないよ」

「いえ、できますよ。陛下にご自分の意見を伝えられているのなら、きっと」

自分を信じてもらいたいなら、自分も相手を信じるしかないのかもしれない。レオナは迷いながらも、静かにうなずいた。

レオナとの昼食が押してしまったせいで結局会議などがずれこみ、タールグは夜までやることが目白押しだった。早く顔を見たいのに。

簡単に済ませられる夕食を用意させ、寝室に運ばせて毒見をさせると、すぐに人払《ひとばら》いした。

鶸《ひわ》の間とタールグの寝室のある棟《とう》は、古い宮殿《きゅうでん》を建て増しして新しく設計させたところだ。実はこの二つの部屋には、皇帝と設計者しか知らない隠《かく》し通路がある。

付柱の飾《かざ》りの一つを押すと、ゴトッと音がした。天井《てんじょう》から床《ゆか》まであるタペストリーをめくり、石が積まれたように偽装《ぎそう》してある扉《とびら》を押すと、隠し通路が現れる。中は暗い。ランプを手に、埃《ほこり》っぽい階段を下りていくと、簡素なドアが見えた。

ランプを足元に置き、ギイッと音をさせて、鶸の間に入った。無数の黄色い鳥が織られたタペストリーを払《はら》って顔を出すと、続く部屋の奥にレオナの後ろ姿が見える。茶を淹《い》れているらしい。こちらの物音には全然気づいていないようだ。

久々に、心臓がドキドキと高鳴った。

気配を殺してそっと近づき、ポットを置いたのを見計らって後ろから抱《だ》きしめた。同時に口を手で塞《ふさ》ぐ。

「俺だ」

恐怖《きょうふ》でなのか、固まったレオナは、声のほうに目だけを動かした。

「この部屋は俺の寝室とつながっている。それを知るのは、設計者と皇帝と、お前だけだ」

手をそっと外して腕《うで》の力を緩《ゆる》めると、レオナは真っ白な顔をしてへたりこみそうになった。慌《あわ》てて、抱きかかえるように体を支えてやる。

「……驚《おどろ》きました」

「大声を出されたら、外の護衛に気づかれるだろう」

レオナはため息をついた。

「普通《ふつう》に声をかけてくれたらいいのに」

ちょっと驚かせてみたかったのだが、想像以上に深刻なダメージを与《あた》えてしまったようだ。

朝の失態も覚めやらぬうちに、なんたるザマなのか。

また嫌《きら》われた気がしてへこたれそうになったが、それではダメだと気を取り直した。だが朝のことをまた謝ると、さらに気まずくなりそうな予感がして、いつもの横柄《おうへい》な仮面をかぶった。

「……俺にも茶を淹れてくれ。夕食がまだなんだ。今、部屋から持ってくる」

タールグは踵《きびす》を返すと、鶚の間の付柱の飾りを押して扉を開け、寝室からハムとチーズとパンを持ってきた。

「……それだけで足りますか」

戻《もど》ると、レオナが怪訝《けげん》そうに言った。

一緒《いっしょ》に行くというので隠し通路に案内し、二人で夕食を運んだ。鶚の間からの隠し扉の開け方を教えると、レオナは「わぁ」と感心した声を上げた。

「今度から、僕がお茶のポットを持ってそちらに上がります」

「食事を持ってくるよりは、そのほうが楽だな」

タールグは遅《おそ》い夕食にありつきながら言った。下を向きながら食べないと、レオナが前のように話してくれる喜びが顔全面に出てしまいそうだった。

「……付き人たちを、今日からまた戻した」

「さっき、挨拶《あいさつ》に来ました。二人とまた話せて、うれしいです」

胸の中がチクチクと嫌《いや》な感じで軋《きし》んだが、タールグは平静を装ってナプキンで口を拭《ぬぐ》った。

「ガーフも明日《あした》からこの部屋に詰める。話し相手がいたほうがいいだろう」

しかしレオナはまた暗い顔をして、こちらを見なかった。

「……僕は、もうここから出ることを許されないのでしょうか」

タールグはしばし考えた。今はまだ幽閉《ゆうへい》を偽装する必要がある。だがレオナは畑や庭に行きたいだろう。

「春先になったら、人目につかないように宮殿外の畑に案内する」

レオナはパッと顔を上げて、角砂糖が茶の中でほろりと崩《くず》れるように笑った。

「よかった」

タールグの胸がまた詰まる。目を逸《そ》らした。落ち着かない気分だった。

こういう時、なんと言えばいいのだろう。どんな表情をすればいい？

今までできていたはずのことがすっぽり抜《ぬ》けてしまい、タールグは虚空《こくう》を見つめたまま、固まっていた。

「……寝る」

タールグは一言発すると、レオナの手首をつかんで自分の寝室へと向かった。

「まだ寒いから、添い寝が必要だ」

レオナは何か言いたそうにこちらを見たが、何も言わなかった。

隠し通路を渡《わた》って寝室に戻り、支度《したく》部屋に向かう。自分で寝巻《ねま》きに着替《きが》えると、レオナは下着姿になってベッドに横になっていた。

——なぜ服を脱《ぬ》いだんだ？

「寝巻きがないので」

レオナが緑の目を上げて言った。

「あぁ……なるほど」

人の思惑《おもわく》は読めないという割に、なぜ心の声がわかるのだろう。心が通じているということなのか。

タールグは不思議に思いながら横に滑《すべ》りこんだ。体が触《ふ》れないくらいの距離《きょり》で、慎重《しんちょう》に横たわる。

「陛下……今日、聞いたんですが、カリアプトでも普通は添い寝の習慣はないそうなんです」

付き人がまた余計な真実を吹《ふ》き込んだのか。心拍《しんぱく》が大きくなり、急に動悸《どうき》がしてくる。タールグは息を殺してレオナの出方を窺《うかが》った。

「きっと、どなたかが嘘《うそ》をお教えしたんだと思います。だから、今後は気をつけたほうがいいです。寒いからといって誰《だれ》かをベッドに招き入れるのは、危険です」

タールグは思わずレオナをガバッと抱きしめた。

こいつはやっぱり馬鹿《ばか》なんじゃないか。

自分が騙《だま》されたことにも気がつかず、こちらの身を案じるとは。

「陛下……？」

レオナの顔が真っ赤になっている。タールグはレオナの上にうつぶせになり、両肘《りょうひじ》をベッドについた。その間には、レオナの小作りな顔がある。

「……陛下と呼ばないでくれ。俺の名はタールグだ」

「……タールク」

「クじゃない、グだ」

「タールク」

うまく舌が回らないらしい。

「タールグは狼《おおかみ》の意味だが、タールクだと餅《もち》という意味になってしまう」

レオナがプッと吹き出した。しかしすぐに真面目《まじめ》な顔を作る。

「失礼しました、タールク……グ」

「ター、ルグ、だ」

細かく切れば、発音できている。

「タールグ」

「タールク」

「全然ダメだな」

レオナは眉間《みけん》に皺《しわ》を寄せてぎゅっと目をつむった。

「ごめんなさい」

「まぁいい」

タールグはごろりと横になり、仰向《あおむ》けになった。

「ター、ではだめですか」

レオナが上半身を起こし、食い下がるように訊《き》いてくる。その様子に、ふっと目を細めた。

「いや、悪くない」

ターか。初めての呼ばれ方だ。なかなかいいんじゃないか。

そう思った瞬間《しゅんかん》、タールグはもう寝《ね》ていた。その夜は、何か甘ったるい夢を見た。

◆

皇帝《こうてい》はハルイ王子と緊密《きんみつ》なやりとりを行い、ユクステールとの国境でレオナと会わせる算段をつけたらしい。しかしレオナが驚いたのは、そこに皇帝も帯同するということだった。

ベッドの中でその話を聞き、レオナはガバッと起き上がった。

「陛下もですかっ？」

「呼び方」

「ターもご一緒なんですか……？」

「当たり前だろう。人質《ひとじち》が帰ってこない可能性もあるのに、一人でいかせられるか」

「僕はここに帰りますよ？」

「……弟が帰さないかもしれんじゃないか」

皇帝が描《えが》いている青写真は、街道《かいどう》と切り通し整備を共同で行う計画を打診《だしん》しに、北方の統治者となったハルイ王子に面会するというものだった。

両国の北方国境には険しい山脈があり、少数民族の多くがそこに住んでいる。道を整備し、支援《しえん》物資を運びやすくするという名目だが、逆に言えばこちらから人が行きやすくなるということだ。

「陛下……ターが王都を通さずハルイと話せば、兄の警戒《けいかい》をより招くのではないでしょうか」

「そうなればそうなったで別に構わない」

レオナは絶句した。ユクステール征服《せいふく》の計画は、まだ続いているのか。

「ター、お願いです。母国を荒《あ》らさないでください」

皇帝は仰向けになったまま、「無闇《むやみ》に荒らすつもりはない」と言った。

「俺は人を虐《しいた》げて喜んだりする趣味《しゅみ》もないし、誰も彼もを苦しめたいわけじゃない。だが妹の動向は気になる。嫁《とつ》いだのをチャンスとばかり、必ず何かやらかすだろう」

皇帝は端整《たんせい》な顔をこちらに向け、静かに言った。

「覚えておけ、レオナ。お前は元付き人にも、親族にも裏切られたんだ。一度裏切ったやつは必ずまた裏切る。必ずだ。だから俺は裏切りは許さない。自分の身を守るためだ」

レオナは、なぜかその言葉に傷ついた。皇帝がこの身を思って言っているのは理解していたが、胸の奥の柔《やわ》らかいところ、ふかふかの土をぎゅっと踏《ふ》み固められたような感じがした。

「ターはなぜ国を大きくするんですか」

「だからもうユクステールに攻《せ》め入るつもりはない。今は国内を固めたいからな」

レオナは再び横になり、皇帝の体に寄り添《そ》った。人の体の温かさが、皇帝の口を緩《ゆる》ませることを願って。

「でも、六ヵ国をすべて支配下においたのは……」

「……生き延びるためだ。俺が。やらなければやられている」

　レオナは、ふとこの人の生《お》い立ちを思い出した。父親に裏切られて、殺されかけたという子ども時代を。ここまで、どれほどの泥水《どろみず》をすすってきたのか、結局王家という花園《はなぞの》で育ったレオナにはまったくわからない。

「……レオナ、俺の真の望みを知りたいか？」

　レオナは小さく息を詰《つ》めた。皇帝は両腕《りょううで》を枕《まくら》にして、天蓋《てんがい》を見つめていた。

「この国を、俺がいなくてもまわるようにすることだ」

「……帝位《ていい》を子に譲《ゆず》って？」

「いや。子を作る気はない。争いのもとだ」

　血筋を残す、という施政《しせい》者らしい発想は皆無《かいむ》なのだった。変わった人だと思うと同時に、なぜかわからないがふと哀《かな》しさを感じた。子どもが争いのもとと決めつけているせいだからだろうか。レオナも、子どもを持つことについて真剣《しんけん》に考えたことなどないのだが。

　この男が望めば、どんな人でも物でも手に入りそうなのに。

「国の基盤《きばん》がすべて整い、地方政治までそれなりにまわるようになれば、各地区の代表の合議制にする。国の代表は投票による信任制として、帝政は廃《はい》する。この国の皇帝は未来永劫《みらいえいごう》俺一人だ。俺は終身名誉皇帝《めいよこうてい》となり、歴史に名を刻む」

　レオナはしばらく黙《だま》って、その言葉をゆっくり咀嚼《そしゃく》した。皇帝を……タールグ・マト・カイリアークを理解したかった。

「……つまり……この国が、ターの子どもなんですね」

皇帝は少し意外な顔をしてレオナを見つめたが、「どうだろうな」とつぶやいて視線をまた真上に戻《もど》した。

「むしろ、この国は俺自身だと思う。俺が死んでも、俺の考えを礎《いしずえ》にしたこの国は永久に生き続ける。それなら俺はすべてに勝ったということだ。……死にすらも」

やはり恐《おそ》ろしい人だと思った。皇帝の真の望みは、個人の些細《ささい》な欲望を超《こ》えた、時間も空間も支配するものだ。到底《とうてい》理解できなかった。レオナは、次の春の畑のことぐらいしか考えられない。

この人は遠いところを見過ぎていて、近くにあるものなど目に入らないだろう。すごいと思うと同時に、また寂《さび》しい気持ちがした。

その時、皇帝がレオナの体を引き寄せた。

「俺は本音を話した。お前の本音も聞きたい」

「……本音、ですか？」

「本当のところ、俺をどう思っている……？」

腰《こし》に手を回されてさらに体が密着した。なんだか硬《かた》いものが当たる。

レオナは動けなくなった。心臓が鳴り始め、頭の芯《しん》がしびれたように働かない。これは恥《は》ずべき行為《こうい》なのではないか。

「……ちょっと怖《こわ》いです」

「もしかして初めてか？　怖くなんてない」

青い瞳《ひとみ》が、ふと和《やわ》らいだ。それを見たら、何も言えなくなってしまった。怖いというのは、皇帝自身のことを指しているのに。

「……子を作る気はない同士、睦《むつ》み合ったらちょうどいいと思わないか？」

股間《こかん》に手がやってきた。これは「邪《よこしま》なる肉の劣情《れつじょう》」というものだ。

「女性とではなく？」

「それだと子ができてしまう」

だから男である自分とこんなこともできるのだろうか。レオナはまた空恐《そらおそ》ろしくなった。

「こ、これは、恥ずべき行為で……」

「ここはユクステールじゃない」

体の中で一番敏感《びんかん》な皮膚《ひふ》が、同じく熱い皮膚に触《ふ》れる。タールグ自身のものに重ねられ、レオナの思考は完全に止まった。

「これを、どうしていた？　今まで」

「適当に……」

「監視《かんし》されていた時は？　風呂《ふろ》で済ませていたのか？」

「我慢《がまん》してました」

「我慢しすぎもよくない。学者によれば、無闇に精を漏《も》らしすぎるのは、寿命《じゅみょう》を縮める行為だというが、しなさすぎると害になるという。俺はそれを聞いてから、三日に一度に節制し、自分で処理している」

淡々《たんたん》と説明される一方で、下半身は熱心に動いていた。レオナは呆然《ぼうぜん》と目の前の男を見つめた。目を下にやって具合を確かめていた男は、レオナの視線に気がついたのか、青い瞳を上に向けた。

「そうやって口を開けたままにするんじゃない」

「……っ」

口を塞《ふさ》がれて、レオナは目を見開いた。なめらかに舌を吸われて、体が大きくビクンと動く。その瞬間、あっけなく出てしまった。

「……早いな」

口を離《はな》し、皇帝《こうてい》がつぶやいた。レオナは羞恥《しゅうち》で真っ赤になっていた。射精直後の敏感なものを握《にぎ》られて、レオナは「ひぁっ」と声を上げた。

皇帝は眉《まゆ》を寄せ、自分のものとまとめて握ってこすり合わせた。レオナは思わずその両肩《りょうかた》に手をかけ、二人の体が合わさったところを見ていた。剣《けん》や銃《じゅう》を握ることに慣れた手が大きく円を作り、その中にふたつの半球がぬらついて光っている。裏筋同士が糸を引くように合わさり、レオナは腰が引けそうになった。

「あ……また出るっ……」

「……ッ」

レオナの腰が小さく動いたのと、向こうが出したのは同時だった。興奮でなのか、耳の奥でドクドクと血の流れる音がする。

「体が温かくなっただろう？」

少し掠《かす》れた声で囁《ささや》かれ、レオナは小さくうなずいた。相手の目を見られなかった。皇帝の真意はどこにあるのだろう。好きでもない人と、こんなことができるのだろうか。それとも、レオナには思いもつかない政治的な目的があるのだろうか。

「……母国を攻めないでください」

皇帝は虚《きょ》を衝《つ》かれたような顔を一瞬《いっしゅん》してから、困ったように微笑《ほほえ》んだ。

「……わかってる」

レオナには、言葉の裏を読むことはできない。だから、その言葉を信じるしかない。

ハルイ王子と落ち合う場は、ユクステールとの国境となる山脈の中の、カリアプト側の砦《とりで》の一つだった。

タールグはレオナを護衛兵に変装させて宮殿《きゅうでん》の外に出し、小型の馬車に乗り込ませた。砦までは馬車を飛ばしてもひと月はかかる。タールグは、街道《かいどう》整備の視察という名目で宮殿を離れたのだった。

一行が砦についた時、ハルイ王子はすでに到着《とうちゃく》していた。砦のもっとも上にある小部屋に向かうと、ユクステールの護衛兵に囲まれて、若いハルイ王子が待っていた。レオナを見るなりパッと顔を輝《かがや》かせ、勢いよく立ち上がる。

「兄上！　よくぞお元気で……！」

レオナは走り寄り、兄弟でしっかりと抱《だ》き合った。

ハルイは二十二歳の壮健《そうけん》な若者で、レオナより背が高く体格もよかった。でもその艶《つや》やかな黒い髪《かみ》と緑の目はレオナと同じだ。

ハルイは身を離し、タールグへと視線を移した。恭《うやうや》しく一礼し、「お目にかかれて光栄です、陛下」と挨拶《あいさつ》する。

「ハルイ＝ナジク・ユクステールです」

タールグも簡潔に名乗った後、「レオナ王子殿下《でんか》には、いつも世話になっている」と告げた。

「兄と密《ひそ》かにやりとりしていたこと、お許しください。兄自身は……それほど器用なことはできません」

「承知している」

タールグはとりあえず席に座るよう促《うなが》した。タールグの前にハルイが、その隣《となり》にレオナが腰かける。

「このたびは……ユクステールとの間に、街道を整備されたいとか」

「あぁ。手紙でのやりとりでは、いささか伝えづらい部分もあるし、一度レオナ王子の弟君であらせられる殿下と直接話をしてみたかった」

ハルイは真一文字に口を結び、うなずいた。レオナよりも強い眼差《まなざ》しを持つハルイを、タールグは冷静に観察していた。

見るからに明るく、まっすぐな青年という印象だ。歪《ゆが》んだ何かを感じさせることはなかったが、王族として不自由なく育ってくれれば当然かもしれない。オドオドしがちなレオナが特殊《とくしゅ》なのだ。

ハルイは、兄のレオナを慕《した》っていると同時に心配しているのだろう。部屋で一緒《いっしょ》になってから、常に兄を守るような、背の後ろでかばうような動きをしている。

その兄と昨夜も寝床《ねどこ》で剣の稽古《けいこ》をしたと知ったら、どんな顔をするだろうか。

それを想像し、ふっとタールグは笑った。それを見たハルイが、一瞬警戒《いっしゅんけいかい》を浮《う》かべる。だがすぐに穏《おだ》やかな表情を取り戻《もど》した。

タールグは、レオナから聞いた話として、ユクステールの北方について知る限りの状況《じょうきょう》を話した。ハルイは静かに聞いていたが、肝心《かんじん》の街道整備を切り出すと、はっきりと難色を示した。

「それは……双方《そうほう》に利益があるのでしょうか」

「ユクステールは南が栄えている。その理由の一つに、北方の往来の不便さもあるのでは？

我が国と人や物の往来が増えれば、お互《たが》い、より富むだろう。もちろん、ただ整備するだけではない。必要とあらば、そちらに支援《しえん》物資も今後送ることができる」

「ありがたいお話ですが……私の一存ではなんともお答えしようがありません」

つまらない男だ。明らかに自分を疎《うと》んじている第一王子に、いちいちお伺《うかが》いを立てるというのか。そんな弱腰《よわごし》で、大国の中を生きていけるのだろうか、この兄弟は。

タールグはため息をついた。またハルイが小さくビクリとする。遠い物音に耳をそば立てている、若い鹿《しか》のようだ。

レオナが、ハルイの腕《うで》に手をかけて心配そうに訊《き》いた。

「もし大きな反乱が起きた時、ハルイはどう対処するつもり？」

ハルイはレオナに向いて、安心させるように言った。

「こっちには、大叔父《おおおじ》上のもとで鍛《きた》えられた軍がある。心配いらないよ」

前領主である国王の叔父——レオナとハルイにとっては大叔父にあたるラディ卿《きょう》は、長らく北方の盟主として国内外に睨《にら》みをきかせていた。直属の軍は大陸最強の歩兵との呼び声高い。だからこそタールグもユクステールには無闇《むやみ》に手を出さなかった。だが、今はどうだろう。

「……今、ラディ卿は同じ城にいらっしゃるのか？」

「ええ。各種引き継《つ》ぎを終えてから、兄の旧領に移られる予定です。兄は次期王として、王家直轄《ちょつかつ》領を継ぎますので」

「今回の会合、ラディ卿はご存じか？」

「いえ、それは……さすがに」

ハルイは目を伏《ふ》せた。そこまで馬鹿《ばか》ではないらしい。タールグは少し迷ったものの、レオナと血を分けた弟と思い、今後の見通しを率直《そっちょく》に語った。

「軍は当てにはならないと思うが。恐《おそ》らくラディ卿はそのまま引き連れていくだろう。直属とはそういうものだ」

ハルイは驚《おどろ》いた顔をした。

「ですが、軍は北方を警備するための……」

「もし置いていったとしても、急にやってきた若い王子の言うことなど聞くわけがない」

ハルイの眉間《みけん》に、反抗《はんこう》的な皺《しわ》がかすかに寄った。

「……だからここに置いても無駄《むだ》だと判断するだろう。それより、穀類の備蓄《びちく》が必ず各所にあるはずだ。それを大量に持ち出させないよう、気を配ったほうがいい。まぁ南に移るのに、わざわざ必要以上に持っていかないとは思うが」

北方は貧しいというが、軍を養うために当然備蓄はしているはずだ。つまり取り立てが厳しいということだろう。

ハルイは不審《ふしん》な表情を浮かべていたが、レオナに手を握られるとハッとしてそちらを見た。

「心配してるんだ。でも忘れないでほしい。僕たちの敵は、民《たみ》じゃない。反乱の原因は、王家にもある。何かあれば、備蓄を開放するんだ」

ハルイはしばらく黙《だま》って兄を見ていたが、また口を引き結んで、何度かうなずいた。

結局、ハルイ王子は街道整備に合意することも、支援物資を受け入れることもなかった。しかし、このまま兄のレオナを通じて、カリアプトと緊密《きんみつ》なやりとりは続けさせてほしいと別れ際《ぎわ》に告げた。

これだけでも、ここに顔を出した甲斐《かい》はあったかもしれない。帰りの道中、レオナは沈《しず》んでいた様子だったが、タールグとしては上出来だったのではないかと思っていた。一応忠告はしたわけで、それを生かすも殺すも本人次第《しだい》だ。

そして案の定――ラディ卿が直属の軍を率いて去った直後、大規模な反乱が起きたのだった。

◆

長い冬が続き、永遠に春は来ないのではと思うころ、レオナは自室のベッドの中で皇帝《こうてい》からユクステール北方の状況を告げられた。

「ハルイはっ？　無事なんですかっ⁉」

ガバッと起き上がったレオナを、皇帝は横目でチラリと見た。

「無事は無事らしいが、ほとんど丸腰《まるごし》に近い状態だ。城に立て籠《こ》もるしかなかったらしい。結局平定というよりは……各地の備蓄庫を開放し、手打ちとしたようだな」

レオナは固唾《かたず》を呑《の》んで聞いていたが、皇帝は赤ん坊《ぼう》をあやすように言った。

「今はもう大丈夫《だいじょうぶ》だ。お前の忠告を、弟はちゃんと聞いていたんだよ」

皇帝はレオナの手をつかみ、横にならせた。包むように抱きしめられたが、レオナはちっとも安心できなかった。

ハルイの身が心配だ。小さい時はずっと一緒だった。昔からしっかりしていたが、成長するにつれてレオナのことをあれこれ心配し、常に世話を焼いてくれた。いつのまにか、自分より背も高く、立派になっていて。

レオナは少し体を離《はな》して、皇帝の太い首筋に浮き出る腱《けん》を見るともなしに見ていた。

「あまり思い詰《つ》めるな。もうすべて終わったことだ」

顎《あご》を持ち上げられ、唇《くちびる》を舐《な》められる。頭と体が熱くなり、レオナは視線をさまよわせた。

ハルイが大変な時に、何をやっているのだろう。

レオナは決して信仰《しんこう》に熱心ではなかったのに、小さい時から聞かされていた教えに背《そむ》いているという罪の意識は、常にある。

でもレオナの世界の中心にはもうずっと皇帝がいて、そこからどいてはくれない。この人に会うまで、世界には中心なんてそもそも存在しなかった。

「……だからずっとぐちゃぐちゃだったんだ」

「……ん？　……何？」

皇帝はレオナの髪《かみ》を指で遊びながら言った。指はつっと頬《ほお》をなぞって下唇の上を往復し、顎を再びつかんで上を向かせる。

淫《みだ》らに口を吸われながら、また下半身をいじられた。

週に二度、二人で処理する時だけ、皇帝はこうして甘い時間を作る。他《ほか》の時は隣で寝《ね》るだけで、日によっては全然話をせず、皇帝がすぐ眠《ねむ》ってしまうこともあった。疲《つか》れているのだろう。

これも、忙《いそが》しい毎日に組み込まれた、やるべきことのうちの一つなのかもしれない。

いつものように皇帝の手で高みにのぼらされつつ、レオナの体の奥は別の疼《うず》きを覚えていた。付き人のケイジには、すでにこの行為《こうい》がバレている。隠《かく》し通路の存在もだ。お茶を持って夜に皇帝の部屋に行こうとするところをうっかり見られてしまい、すべて白状した。

それを聞いたケイジは、この「処理日」の日中に、体の中を浄《きよ》め、指で緩《ゆる》めることを勧《すす》めた。いつか絶対、そこを使う時が来るからと。レオナが怪我《けが》をしないよう、慣らしておいたほうがいいと説得されたのだ。

それまで、男同士での交わりは、今皇帝としているようなことだけだと思っていた。まさかそんなところで受け入れることができるとは、思ってもみなかった。それこそがまさに国教で罪とされている行為なのかと気がついたが、もし皇帝がそれを望むなら応じようと思う。だって、レオナの世界を支える柱は、この人だから。

皇帝の真意がどこにあるのか、わからない。でもこの人は、こんな自分を好いてくれているのではないかと思う瞬間《しゅんかん》が何度もある。今もだ。だから、信じたい。

もし裏切られたら、それを見抜《みぬ》けなかったほうが愚《おろ》かなのだろうか。前はそう思っていた。でも今は違《ちが》う。裏切るほうが絶対に悪い。信じてくれた人を踏《ふ》みにじる、その行為のほうが愚かだと思う。

「今度……宮殿《きゅうでん》の外の土地に案内する。耕作用に、用意した」

肉体の欲望をお互い吐《は》き出した後、皇帝が言った。汚《よご》れた体を拭《ぬぐ》っていたレオナは、沈黙《ちんもく》が続くことに気がついて目を上げた。

「……がんばります」

皇帝はレオナを抱《だ》き寄せ、首筋の匂《にお》いを嗅《か》ぐように大きく息を吸い、ゆっくり吐いた。

◆

春になり、タールグは付き人たちに命じてレオナを畑に案内させた。作業のために雇《やと》っている者たちには、貴族出身の農学者と説明している。

レオナは一応軟禁《なんきん》状態に置かれている体《てい》になっているから、明け方の暗いうちに護衛兵に変装させて外に出し、付き人の護衛官も含《ふく》めた五人で常に守らせていた。

もうレオナは指示を出すだけでもいいのだが、まだ自分でも庭をやりたいというので、時折離宮《りきゅう》に行くことも許した。離宮は外から見えないよう、冬の間に高い塀《へい》と垣根《かきね》を築いている。

さらにタールグは、国内の街道《かいどう》整備を着実に進めさせていた。ユクステールとの国境にある山岳《さんがく》地帯へと続く道だ。

ハルイ王子には、言語や国教への改宗を少数民族に強制しないよう手紙で伝えたが、「長兄《ちょうけい》に諮《はか》り、検討する」という返事しか来ていない。とはいえレオナが砂糖大根の育成に成功したことを伝え、ユクステールでも栽培《さいばい》するよう勧めると、その気にはなったらしい。レオナは相変わらず弟が心配なようだった。

一方タールグの悩《なや》みは、レオナとの関係だった。どう深めればいいのか、ずっと考えあぐねているのだ。

それなのに、今夜も足が勝手に鶸《ひわ》の間に向かってしまった。ナイトガウンを羽織って隠し通路から部屋に入ると、レオナが黙って席を立ち、茶の用意を始める。

以前は壁《かべ》に大量の絵やタペストリーがかかり、壺《つぼ》などの調度品も多かったが、レオナの要望で、隠し扉《とびら》を覆《おお》うタペストリー以外は全部取り除いてすっきりした部屋になった。

タールグにとってはこの時間が心落ち着くひとときなのだが、レオナはどうなのだろう。

とりあえず、相手の喜ぶことをしようと思い、レオナの希望は全部叶《かな》えた。今は本当にユクステールを攻《せ》めるつもりはないし、そう言っている。だがレオナの表情はずっと晴れない。

自慰《じい》を一緒《いっしょ》にしたのも、よくなかったのではないかと今さらながら後悔《こうかい》していた。

レオナがテーブルにポットを置き、蒸《む》らしてから茶を淹《い》れる。その間、なんのハーブを組み合わせているか、その効能はどんなものかというようなことを延々と話し始めた。

淹れたての熱い茶を飲めるのはここぐらいだ。タールグはレオナの話を聞きながら、茶をごくごくと飲んだ。

レオナを好きだと自覚してから、一人でする時には自然と顔を思い浮《う》かべてしまうから、我《が》慢《まん》できずに誘《さそ》ってしまった。だがそれも、「お互《たが》いの生理的欲求《よっきゅう》を解消するため」という名目で触《ふ》れてしまったがゆえに、頻度《ひんど》を上げられない。かといって突然《とつぜん》やめるのも変だ。今この状態でその先に進むのは、正直気が進まなかった。そうは思っていても、毎日どちらかのベッドで一緒に寝ているのだが。

レオナが二杯《はい》目の茶に蜂蜜《はちみつ》を落として味を変え、タールグに勧める。レオナは蜂蜜をすくった匙《さじ》をぺろんと舐めた。その舌の動きをじっと見ながら、タールグは茶を飲んだ。

別に肉欲だけなら、他に満たす方法はあるし、そのほうが手っ取り早い。心が伴《ともな》わない交合なら、一夜の相手で構わない。だがタールグが欲しいのは、レオナのすべてだ。でもレオナからは一度も、自分への好意を感じさせる言葉はもらっていない。笑顔《えがお》も、一緒に自慰をしたその日からまた見ていないのだ。根本的なところで、信用されていない気がする。

今の状況《じょうきょう》で、レオナにユクステールの現在を伝えるのは難しかった。

妹の情夫となっている腹心からの連絡《れんらく》は、相変わらず滞《とどこお》りがちだった。政権の中枢《ちゅうすう》に近いところにいるからしょうがないとはいえ、さすがに気にかかる。しかしその数少ない報告によれば、王の病状はいよいよ悪化し、この夏、第一王子への譲位《じょうい》を行うらしい。これは他に放っている密偵《みってい》からの情報とも一致《いっち》している。

さらに、ハルイ王子の周辺に放っている密偵からは、最近王都からの使者が多く訪《おとず》れているという情報が入っていた。

ハルイはどちらの兄につくのだろう。会った時の様子からは、レオナを裏切るようには思えなかった。ハルイにとって、レオナは兄だが庇護《ひご》対象だ。だからカリアプトとの連絡も緊密《きんみつ》にしている。レオナが心配なのだ。逆に、レオナから心配されることには慣れていない。これは自分の目で見聞きして得た感触《かんしょく》だ。自分の直感をまずは信じる。

となると、使者の増加は、第一王子が第三王子ハルイの動向を把握《はあく》しておこうという動きの現れなのではないか。

「蜂蜜入り、どうですか？」

レオナに突然訊《き》かれて、タールグは咄嗟《とっさ》に曖昧《あいまい》な返事をした。

「……え？　あ、いいんじゃないか」

レオナの顔がまた曇《くも》る。

「味がまろやかになると思うんですけど……」

レオナは黒いまつ毛を伏《ふ》せて、暖を取るように両手でカップを持った。春とはいえ、まだ夜は冷え込む。

先月、タールグは初めてレオナを介《かい》さず、直接ハルイに密書を送った。その返信によれば、第一王子はカリアプトが山岳地帯までの街道を整備していることを把握しているらしい。ハルイに向けられる疑いの目は大きくなっており、今後はレオナを通じた手紙のやりとりも控《ひか》えたい旨《むね》が書かれていた。

なぜ第一王子が街道整備の話を知っているのか。ハルイが漏《も》らしたわけはない。とすると、こちらに内通者がいるかもしれない。だがカリアプトにいる者が第一王子と接触《せっしょく》できる機会は少ないだろうし、その動機もわからない。一番考えられるのは、妹と誰《だれ》かがつながっていることだ。妹とその情夫となっている部下の動向を調べさせるのが一番いいかもしれない。

それに父王の命がいよいよ危ないとなれば、さすがにレオナを一度ユクステールに帰すべきか。その時、二人のことを探《さぐ》らせよう。

レオナのベッドに腰《こし》かけたタールグは、大きくため息をついた。

「……お疲《つか》れですか」

横に座ったレオナが、おずおずと訊《き》いてくる。タールグはその不安そうな顔をチラッと見て

「また、庭で茶を飲みたい」とつぶやいた。

あの美しい庭で、少し休みたかった。宮殿は石造りで、ひんやりとした空気がいつまでも留《とど》

まる。離宮の、緑と土の濃《こ》い空気を肺いっぱいに吸い込みたいと思った。

「……飲みましょう？」

レオナが驚《おどろ》いたように目を丸くして言った。

「朝早くなら……ダメですか？　あの隠し通路、階段を下りていけば外に出られるんじゃないんですか？」

「あぁ、確かにそうだが……」

「そうしたら、僕が畑に行く時みたいに、二人とも護衛兵の格好をするんです。それで、明け方に抜《ぬ》け出しましょう。ダメですか？　忙《いそが》しい？」

「いや、長居しなければ平気だろう」

「本当に？　去年よりも庭がきれいになってるから、ターに見てもらいたかった」

レオナの声が上擦《うわず》り、はにかむように笑う。

タールグは、初めて綺麗《きれい》な蝶《ちょう》を見た時のように、しげしげとレオナを見つめた。

――なんだ、簡単なことだったのだ。

自分は難しく考えすぎていたのかもしれない。レオナは単純で、素朴《そぼく》で、タールグからしたらほんの些細《ささい》なことでも喜ぶのだ。彼のそういうところが好きなのではなかったか。

「あぁ、あと今日の茶もうまかった。ありがとう」

「よかった。蜂蜜入り、あんまり好きじゃないのかと思った」

「いや……あまり細かいことはわからないが、いいと思う」

レオナはうれしそうにしている。それを見たタールグの心が、ひとりでに弾《はず》み出す。

「……じゃあ、二人きりで抜け出すか」

「え？　イーサンもつけず？」

「馬で行って、すぐ帰る」

「馬だとバレますよ」

「まぁその時はその時だ」

レオナは楽しそうにふふっと笑った。タールグは、背中から勢いよくベッドに倒《たお》れ込んだ。

「じゃ、今日は早く寝《ね》ないとな」

「はい！」

こんなにワクワクした気分は、生まれて初めてだった。

◆

夏の畑は、青々と茂《しげ》っていた。

ポツポツと作業をする人たちを見渡《みわた》し、レオナは深く息をした。

青い草の匂《にお》い。白い光と濃い影《かげ》。

この北の地にも、夏には惜《お》しみなく太陽の光が降り注ぐ。砂糖大根がどれほど大きくなるかはわからないが、今年は腐《くさ》ってしまう苗《なえ》はほとんどなく、かなりの収量が見込めそうだった。この方法をさらに追求し、きちんと体系化して広めていきたい。

早くこの光景を皇帝《こうてい》に見せたいと思った。空と大地があり、その間に彼が立ち、足元には緑が茂る。これがレオナの世界の、あるべき姿だ。

この国に来て、本当によかったと思う。母国には、レオナの居場所はどこにもなかったから。

……ついこの前、父王が死んだ。初夏のころに危篤《きとく》の知らせがユクステールから届き、皇帝は一時帰国を許可してくれた。このことを、レオナは深く感謝している。父に最後の挨拶《あいさつ》をすることができたからだ。

胃腸の不調から次第《しだい》に痩《や》せ衰《おとろ》え、医者も手の施《ほどこ》しようがなかったという。レオナが会った時にはすでに寝たきりの状態だったが、元気にしていると言うとうれしそうにした。今まで、厳しい父王がレオナに向けて笑顔を見せたことはない。初めて見た、優《やさ》しい顔だった。

——父上と陛下は、少し似ている。見た目ではなく、雰囲気《ふんいき》が。

大国を率いる施政者《しせいしゃ》だからかもしれない。だから皇帝はいつも少し怖《こわ》いし、笑った顔を見るとうれしかった。

皇帝のことを考えていると、早く株の生育具合を見せたくなり、少し抜いてみることにした。

「……このあたり、だいぶ大きくなってきたかな？」

　レオナはイーサンのそばを離《はな》れ、一番近くで雑草を抜いていた男に歩み寄って話しかけた。男が帽子《ぼうし》を取り、恭《うやうや》しく目を上げる。思わずレオナは息を呑《の》んだ。

「レオナ様……お久しゅうございます」

　元付き人のキリヤだった。

　癖《くせ》のある明るい茶の髪《かみ》に、栗色《くりいろ》の瞳《ひとみ》。あのころよりもさらに逞《たくま》しく、男臭《くさ》くなっている。

「どうして……」

　キリヤはひざまずき、目を伏せて言った。

「実はユクステールを出てからカリアプトを転々としていました。その時、レオナ様がこの国へいらっしゃると聞き、足が自然と宮殿《きゅうでん》の近くへと向かったんです。しばらくこのあたりで働いていましたが、偶然《ぐうぜん》耕作の人手を探していると聞き、もしやという一縷《いちる》の望みを託《たく》しました。……遠目でも、すぐにレオナ様と気づきました」

　皇帝の話では、ずっとユクステールにいたはずだ。

　……嘘《うそ》を言っている。どちらかが。

　キリヤはパッと顔を上げて、目を潤《うる》ませた。

「ずっと、お会いしたかった。こうして、お話ししたかった」

　レオナは思い出した。前もこんなふうに、強い視線を送られていたことを。

　ぐらりと足元が揺《ゆ》らぎそうになり、レオナはしゃがみこんだ。少し離れたところにいたイーサンが、すぐに駆《か》け寄ってくる。

「レオナ様……このことは、どうか二人の秘密にしてください」

キリヤは小声でそう言うと、さっとその場を離れた。

「どうかしましたか？」

イーサンが声をかけてくる。王子とバレないよう、イーサンはここでは過剰《かじょう》な対応をしない。それでもレオナの手を取って立ち上がらせる時、「あの者と何かありましたか？」と小声で尋《たず》ねてきた。

「……大丈夫《だいじょうぶ》」

心臓がバクバクと動いていた。

あの軽く口づけた日の木漏《こも》れ日。取り調べを受けた大聖堂の壁《かべ》にある、複雑で奇怪《きかい》な彫刻群《ちょうこくぐん》。密《ひそ》やかな嘲《あざけ》り、恥《はじ》の意識。そういうものが一緒《いっしょ》くたになり、キリヤの笑顔《えがお》とともにぐにゃりと歪《ゆが》んでいく。嫌《いや》な汗《あせ》が噴《ふ》き出てきた。

皇帝に彼のことを言わなければ。でもなんと思われるか、不安でしかない。足元が、またぐらぐらと揺らぎ始めた。

夜にタールグが鶸《ひわ》の間に下りていくと、レオナはすでに茶を淹《い》れていた。タールグはそのまま少し離れたところで、壁にもたれて立っていた。レオナはまったく気がつく気配がない。心ここに在らず、という感じなのだろうか。元付き人と再会したから。

まさか直接接触《せっしょく》してくるとは思わなかった。タールグは元付き人の行方《ゆくえ》を徹底《てってい》的に調べはしたが、ユクステールにいるとわかったために、その後は追っていなかったのだ。

護衛官は畑でのレオナの様子を不審《ふしん》に思い、直前に話をしていた男の身元を改めて調べたらしい。男はユクステール出身ということしかわからなかったが、護衛官は何か勘《かん》が働いたのだろう、上官を通じて皇帝に報告を上げた。

タールグは護衛官を呼び出し、その男の髪や目の色、年齢《ねんれい》などを直接聞き、元付き人の調査報告書に添《そ》えられていた似顔絵を見せた。予想は的中した。

言い知れない不安と、今にも爆発《ばくはつ》しそうな嫉妬《しっと》。それを抑《おさ》え、タールグはただ黙《だま》って辛抱強《しんぼうづよ》くレオナを待った。

茶を淹れたレオナがふと振《ふ》り返り、タールグに気がついた。いつにも増してぼうっとした表情の中に、一瞬《いっしゅん》だけ、怯《おび》えのようなものが走って消える。それをタールグは見逃《みのが》さなかった。

「今日はどうだった？　何かあったか？」

静かに、なんの感情もなく問いかける。レオナはビクッとしてから、視線をさまよわせた。

「……まずはお茶を、飲みましょう」

レオナは小さな丸テーブルに茶を置いた。先にレオナがカップに口をつける。タールグはただその様子を見ていた。しばらく沈黙《ちんもく》が続く。焦《じ》れたタールグは、ついに自分から口火を切ってしまった。

「……今日、誰《だれ》か既知《きち》の者と会ったらしいと聞いたが」

レオナの顔つきが変わった。警戒《けいかい》と驚《おどろ》きが、一気に破裂《はれつ》したような顔。それを見たタールグの心は、どす黒く燃え上がった。

「元付き人だな？」

「……今日は、ターに、それを話そうと思ってて……」

こちらから切り出したからそう言うのではないか。タールグが知らないふりをしていれば、打ち明けることなんてなかったのではないかと思えてしまう。

「護衛官から話を聞いた。ユクステールにいたはずの男がわざわざ接触してきたんだ。何かあるはずだ。すぐに辞《や》めさせ、この州からの追放を命じる」

「どうかお怒《いか》りにならないでください」

「別に怒《おこ》ってなどいない。危険の芽を摘《つ》むだけだ」

「僕が今後彼と話すことはありません。ただ、あそこで働きたいというなら、それはそれでいいのではと思っています」

タールグはわずかに片眉《かたまゆ》を上げた。

「……一度自分を裏切った者を許すのか？」

レオナは眉を下げ、困った顔でうつむいた。そして長い沈黙の後、口を開いた。

「……僕は、彼が裏切ったという証拠《しょうこ》を、陛下の言葉以外に知りません」

タールグはカッとなった。

「俺が嘘を言っていると、敢《あ》えてその男を陥《おとしい》れていると、そう言いたいのか？　陥れられたのは、お前のほうなんだぞ、レオナ！」

レオナはうつむいたまま、テーブルの上に置いた手をぎゅっと握《にぎ》りしめた。両の拳《こぶし》が、ごく小刻みに震《ふる》えていた。

「怒るべき時には、ちゃんと怒れ。どんどんつけ込まれるぞ。それで窮地《きゅうち》に立たされるのが関の山だ」

「……騙《だま》されていたと知らされて、うれしい気持ちになる人はいますか？　何度も言われなくても、わかっています。でも当時は、彼の存在に助けられたんです。もう関《かか》わりを断《た》てば、それでいいのではと思います」

珍《めずら》しくレオナが反抗《はんこう》的な言い方をした。タールグの頭の中が白く乾《かわ》いていき、ガンガンと痛くなってくる。喉《のど》の奥が、苦しかった。

「……じゃあ、お前は本気で、その男を愛していたということか？」

「それは……わかりません」

タールグは席を立った。自分の部屋で、しばらく心の整理をしようと思った。

「ター、待って」

さっきは陛下と呼んでいたくせに。

隠《かく》し通路に入ったが、レオナも後を追いかけてくる。無視した。しかし自室に入った瞬間《しゅんかん》、後ろから抱《だ》きつかれた。タールグは息が止まりそうになった。

だがここでほだされたら負けだ。もしかしたら、こうして懐柔《かいじゅう》しようという魂胆《こんたん》があるのかもしれない。そんなふうに考えたくはないが。

そうして絞《しぼ》り出した声は、自分でも驚くほど低く冷たく響《ひび》いた。

「……そんなにその下衆《げす》な男を助けたいのか」

レオナが体を離したのがわかり、タールグは瞬間的に身勝手な悲しさを覚えた。しかしレオナは前に回り込んできた。必死な顔で、タールグを見上げる。

「……違《ちが》う。ター、こっちを見て。わかってほしい……別にキリヤのことはもうどうでもいいんです。今はターが世界の中心だから。僕は……ターがいるから、僕の中は全部綺麗《きれい》に整理されるし、自分が何をやりたいかちゃんとわかる。怒らないで」

レオナが必死に言い募《つの》る様子を見ると、タールグは次第《しだい》に冷静になった。相変わらず言っていることがよくわからなかったが、レオナがこんなに食い下がるのを見るのは初めてだった。その原因があの男のことなのだと思うと、冷たく突《つ》き放してやりたい気分になる。でもそうすることで、結局もっとすがってほしいのだと、自分の奥底にある願望を理解していた。

「別に、もういい。好きにしろ」

タールグはすべてに疲《つか》れて、さっさと寝《ね》たくなった。ベッドに向かう背中を、レオナはめげずに追いかけてくる。

「今日は一人で寝る」

「ターは、僕のことを、どう思ってるんですか」

タールグは振り返って言った。

「……わからないなら、もういい」

レオナは泣きそうな顔をしていた。

「僕は確信が持てない。言葉でちゃんと言ってもらわないと、わからない」

「じゃあ、一ついいことを教えてやる。言葉なんていくらでも嘘をつける。相手の行動を見ることだ」

「……それなら、キリヤは僕のことが好きだということになってしまいます」

タールグは天井《てんじょう》を見てため息をついた。

ここでお前を好きだと言うのは簡単なはずだった。その簡単なことが今までできなかったのは、どうしてだろう。

タールグには――感情をそのまま出すことに慣れていない人間には、それはとてつもなく難しい。

立場、プライド、この先の状況《じょうきょう》、レオナに降りかかるかもしれない危険、レオナの本心を突きつけられる恐怖《きょうふ》。そういうものがないまぜになり、タールグの口を重くさせる。

レオナがさらに一歩近づき、タールグの袖《そで》をぎゅっと握った。肘《ひじ》の上のあたりに、服の皺《しわ》が大きく浮《う》き出た。

「ター、どうしたら信じてもらえるのか、僕は全然わからない。だから……行動を、見せる」

レオナはさっとシャツを脱《ぬ》いだ。戸惑《とまど》うタールグをベッドに倒《たお》すように座らせ、シャツを脱がせる。レオナが膝《ひざ》の上に乗ってくる。両の頬《ほお》を手で挟《はさ》まれ、そっと口が合わさった。

頭の中の感情が爆発した。さっきまで考えていたことが一気に何もなくなった。

これが皇帝《こうてい》の機嫌《きげん》を取ることなのかもしれないとか、まさか体で落とすようなことをレオナが仕掛《しか》けるのかとか、いろんな驚きや懸念《けねん》が流星群のように一瞬ざっと通り過ぎて、全部燃え尽《つ》きてしまった。レオナから求められた喜びは大き過ぎて、その前で全部消えてしまったのだ。

タールグはレオナを強く抱《だ》きしめると、ぐるりと体を反転させて、ベッドに押し倒した。激しく唇《くちびる》を貪《むさぼ》る。ありえないぐらいに興奮していた。レオナの腕《うで》が背中にまわり、何度も何度もさすってくる。無我夢中で服を脱がせ、相手と自分のものを擦《こす》り合わせて、口づけたまま射精した。

レオナは荒《あら》く息をしていた。上にのしかかる男も、同じように荒い息を吐《は》き、レオナを呆然《ぼうぜん》と見つめている。

あっという間に二人で吐精《とせい》し、でもなおも昂《たか》ぶりは消えていない。

信じてもらいたかった。自分の世界には、タールグしかいないのだと。

レオナは脚《あし》を大きく広げ、両手で尻《しり》を割った。

「……ここを使うって、ケイジから聞いた」

タールグは眉を寄せ、レオナを見下ろした。

「付き人から、指導してもらったのか？」

「……自分で広げてた。毎週、こうする日の昼間に」

タールグの眉間《みけん》の皺が消えて、太い眉と眉の間が馬鹿《ばか》みたいに離《はな》れた。穴の開くほど見つめられ、レオナは気まずくなって目を逸《そ》らした。

「……でも、オイルがないと、怖《こわ》い」

「どこにある？　取ってくる」

タールグは、くつろげていたズボンの前立てを性急に直しながら言った。

「ベッドの脇《わき》のチェストに、赤い香水瓶《こうすいびん》みたいなのが置いてある」

「わかった。待ってろ」

レオナは、半裸《はんら》の背中を見送った。首から肩《かた》はなめらかにつながり、肩は肩当てのついたようにがっしりしていて、肩甲骨《けんこうこつ》から腰《こし》にかけて筋肉が緩《ゆる》く隆起《りゅうき》して美しかった。これから、あの体が裂《さ》くように自分に入ってくるのだ。

ふと目を閉じて、呼吸に集中する。

怖くないと言えば嘘《うそ》になる。気持ちよさだけなら、さっきのようにすればいい。でもこれは、レオナにとって最大の誠意だった。自分の中にはもうタールグがいることを、だからその肉体も受け入れることを、彼自身に知ってほしかった。

タールグが大股《おおまた》で戻《もど》ってくる。最初に出会った時のような、険しい顔で。どうしてそんなに怖い雰囲気《ふんいき》を漂《ただよ》わせているのだろう。レオナにはよくわからなかった。

「これだな？」

レオナは瓶《びん》をチラリと見て、うなずいた。タールグは瓶を傾《かたむ》けて手のひらに中身を出すと、指ですくってレオナの窄《すぼ》まった部分に塗《ぬ》りつけた。

「あっ……」

レオナはビクッと脚を震《ふる》わせた。自分で触《さわ》るのと、人に触ってもらうのでは、全然違う。

タールグは丁寧《ていねい》に、何度も指で円を描《えが》くように撫《な》でて、指の先で時折閉じたところをつついた。うっすら目を開けると、タールグは息を詰《つ》めてレオナの顔をじっと見ていた。指が中に入る。思わず眉《まゆ》を寄せた。

「……痛いか？」

タールグが心配そうに訊《き》いた。

「……大丈夫《だいじょうぶ》。続けて」

指は少しずつ、時間をかけて深くされ、中をまさぐってくる。十分ほぐれたと思うころ、指は抜《ぬ》かれて体が軽くなり、次にもっと重いものが、みりみりとねじ込まれてきた。

ちょっと想像と違う。いや、かなり厳しい。

「おい、本当に大丈夫か？」

その太さに必死に耐《た》えていると、タールグが汗《あせ》ばむ額を撫でてきた。

「う、うん……」

自然に涙《なみだ》が出て、目尻《めじり》からこぼれて溢《あふ》れる。

「一度抜く」

タールグはすぐに体を離し、レオナをぎゅっと抱きしめた。

「……無理をするなよ」

「だいぶ慣れてきたと思ったのに」

「こうするのは、初めてか？」

「当たり前だよ」

タールグは蕩《とろ》けた目で微笑《ほほえ》んで、レオナの頬を撫でた。

「いつから慣らしてた？」

「春くらい……かな？」

「そうか」

口を柔《やわ》らかく食《は》まれた。タールグの下唇《したくちびる》はいつも少しかさついていて、皮が少し硬《かた》くなっている箇所《かしょ》がある。そこを治したくて、レオナはちろちろと丁寧に舐《な》めた。下腹部に押し当てられたものが、さらに硬くなっていくのがわかる。

レオナは顔を横に向けた。あらわになった首筋をタールグがゆっくりと舐めていく。鎖骨《さこつ》から胸まで舌を這《は》わせられてから、また挿《い》れられた。

「……レオナ」

その声で、顔を上に向けた。口を塞《ふさ》がれ、甘く舌を絡《から》められる。中にあるものがドクンと脈打ち、タールグの無数の種がレオナにまかれた。それが形になることは決してないが、レオナの世界はよりはっきりと、豊かになる。

ぐったりと体重を預けてくるタールグを、レオナはしっかりと抱きしめた。

短い夏が終わり、美しい秋が来るころには、ユクステールとの国境である山岳《さんがく》地帯方面へと街道《かいどう》を伸《の》ばす計画は順調に進んでいた。

「恐《おそ》れながら、オニシ大臣が陛下にご内密の話があるとか。ご面談を希望されています」

昼食前に侍従《じじゅう》から告げられ、タールグは無意識のうちに眉をひそめた。街道整備は国土開発大臣の所管でもある。

だがレオナという存在で満たされている今、色目を使ってくるあの男と二人きりで話すのが億劫《おっくう》だった。しかしこれもまた仕事のうちだ。

「……わかった。それなら、鍛錬《たんれん》の時間に呼び出せ」

「承知いたしました」

侍従が恭《うやうや》しく頭を下げる。

会議が終わり、タールグは修練場へと向かった。ジャケットを脱いで付き人の一人へ渡《わた》す。木剣《ぼっけん》をふるい、いつものように兵たちと手合わせした。ぐっしょりと汗だくになり、シャツを脱ぐ。半裸になったところに、長い金の髪《かみ》を垂らした国土開発大臣がちょうどやってきた。

「陛下、相変わらず素晴《すば》らしいお手前ですね」

オニシ大臣は手巾《しゅきん》をそっと差し出しながら、タールグに小声で言った。

「二人きりでお話しできませんか？」

「ここでは不満か？」

タールグは汗を拭《ふ》きながら、自分の上半身に粘《ねば》っこく這う大臣の視線を無視して言った。

「大事なことなのです。……王子殿下《でんか》に関《かか》わる」

タールグはふと手を止め、大臣を見た。媚《こ》びを含《ふく》む視線。以前はそれがある意味愉快《ゆかい》だったのに、今では行手にかかる蜘蛛《くも》の巣のようにただ鬱陶《うっとう》しい。

それでもタールグは、わずかに片方の口角だけを上げて言った。

「なるほど？　何か得た情報でもあるのか？」

タールグは修練場の端《はし》に移動し、長椅子《ながいす》代わりの木箱に腰かけた。大臣もぴったりと横に座り、タールグの盛り上がった上腕《じょうわん》の筋肉にそっと手をかけながら言った。

「ユクステールのハルイ王子が、北方からこちらまで続く街道整備を密《ひそ》かに進めていらっしゃるそうです」

「ハルイが？」

「山岳地帯の調査の際、現地民からそんな話が耳に入ったのです」

「ユクステール王に黙《だま》って？」

「そのようです。王はそのことにお怒《いか》りだとか。そしてレオナ王子は、元付き人と接触《せっしょく》しましたね」

タールグはわざと驚《おどろ》いた顔を作り、抜け目なく振《ふ》る舞《ま》う大臣を見た。

元付き人は、すでにユクステールへと帰国している。レオナが畑に姿を見せなくなったからだろう。ユクステール国内に入った後は、またレオナに接触するのは難しいだろうと思い、追わせていない。

「……どこで知ったのか、という顔をされていますね？」

大臣はくっと笑《え》みを深くした。

「私がジョウイとは親しかったのを、お忘れですか」

妹の情夫となっているタールグの腹心だった。最近、連絡《れんらく》が滞《とどこお》りがちだ。それもそのはずで、もうだいぶ前から妹と本当に情を通じていた。レオナの里帰りを利用して、ジョウイと仲のよかった者を数人送り、身辺を探《さぐ》らせたのだ。

昔なら馬鹿《ばか》なやつだと切り捨てただろうが、今はその気持ちもわからなくもない。

頭でわかっていても、感情が言うことを聞かなくなる時がある。長らく恋人《こいびと》ごっこをしていて、本気になったのだろう。

王からその妻、さらにその情夫、大臣へと情報が渡ったというのか。

ならばその逆も考えられる。なぜカリアプトが街道を整備していることをユクステール王が知っていたのか。こちらに密偵《みってい》を放っているとしても、全体の計画がわかるのは不自然だ。だが計画を知っている者から情報を得たなら説明がつく。こいつが漏《も》らしたのではないのか。

だがなんの目的で？

「ジョウイは今どうしている？　さっぱり連絡がつかないのだが」

タールグは素知らぬ顔で言った。

「なかなか大変なようですよ。アネス様が夫君にしつこくおっしゃっているようですね。必ず陛下がユクステールを侵略《しんりゃく》するから、戦いに備えるようにと」

妹が王にタールグの脅威《きょうい》を吹《ふ》き込んでいる。それはハルイの話と一致《いっち》する。確かにカリアプトと正面から戦えるのは、ユクステールくらいのものだろう。王に戦《いくさ》をけしかけているのか。

「ですが、意味のない戦いを避《さ》けたいのは、ジョウイも、ユクステール王も同じようです。もちろん、我々もでしょう？」

「あぁ。今は内政に力を注ぐべき時だ。だから不可侵《ふかしん》条約を結んだ」

「ですが王は、ハルイ王子とレオナ王子、我が国とのつながりを心配しているようです。レオナ王子がカリアプトと通じ、ハルイ王子と結託《けったく》するのではないかと」

それは少し前に自分が思い描いていた、もう一つの可能性だった。大臣の真意がどこにあるのか、タールグは慎重《しんちょう》に話を聞いていた。

「少し前から、朝早くに殿下の愛馬に乗る不届きな護衛兵がいると、話題になっておりますよ」

大臣が、暗闇《くらやみ》にいる猫《ねこ》のように目を光らせた。

「しかもその護衛兵は二人乗りで、離宮《りきゅう》に向かうとか。朝早くから、そんなところで何をしているのやら」

「茶でも飲んでるんじゃないか」

「若いのに」

タールグは思わず苦笑《くしょう》した。だが大臣は笑わなかった。

「今まで、陛下は誰《だれ》かに肩入《かたい》れされることはなかった。だからこそ皆《みな》がついてきたのです。うぶで愚鈍《ぐどん》に見せかけて、あの王子は相当な好き者ですね。狼《おおかみ》の牙《きば》まで抜《ぬ》くとは」

タールグの眉《まゆ》が思わずピクリと動いた。レオナへの侮辱《ぶじょく》は許せなかった。だがここでそれを表に出すのは得策なのかどうか。

もうそろそろ、レオナへの寵愛《ちょうあい》を周囲に気づかれてもいいころだと思っていた。レオナの行動範囲《はんい》は安全を確保できているから、問題はない。だがこの男は、気づくのが早すぎる。

「レオナ王子を、国に帰すべきです」

「では不可侵条約はどうなる？」

大臣は囁《ささや》いた。整った造作が、醜《みにく》い歪《ゆが》みをわずかに孕《はら》む。

「アネス様の不義密通を暴《あば》いて、ユクステール王に密かに処刑《しょけい》させればよいのです。あるいは、送り返してもらうか。そしてこちらは代わりにレオナ王子を送り返す。そうして痛み分けとし、不可侵条約の続行を確認《かくにん》すればよいと思いませんか」

ジョウイと仲がいいと言いながら、その愛する女を殺すよう勧《すす》めるのだから、たいした友情だ。とはいえ大臣の話は筋が通っていて、国益を守りたいという心から出たもののようにも見える。だがタールグは何か引っかかった。

オルガ将軍ならいざ知らず、この男がこれまでこんなことを口に出したためしはない。新しい土地に行っては、若い男を食っていることなら知っている。

人はたいてい、個人的な欲望を隠《かく》すために大義を生み出すものだ。

もっともらしい顔でたまに語る美しい言葉より、普段《ふだん》の顔で吐《は》く毒が、はるかにその人間を雄弁《ゆうべん》に物語る。

見極《みきわ》めが必要だった。

「……レオナを帰すことは、できない」

「なぜですか」

タールグは立ち上がりながら、見極めの一言を放った。

「愛しているからだ」

チラリと大臣を見ると、目を見開いて、殴《なぐ》られたような顔をしていた。

◆

秋が深まるころ、タールグは夕方の鍛錬を取りやめて離宮へと急いでいた。

レオナは元付き人と出会って以来、畑にほとんど行かず、離宮にこもりきりだ。栽培《さいばい》方法の手引きを、ガーフと一緒《いっしょ》に作っている。

金色に輝《かがや》くカツラの木、赤銅《しゃくどう》色に透《す》けるブナの木立。常緑のイチイの生垣《いけがき》と高い煉瓦塀《れんがべい》の奥に、美しく紅葉した木々が見える。秋の庭は豊穣《ほうじょう》だ。その色彩《しきさい》の海の中にゆっくりと身を浸《ひた》したい誘惑《ゆうわく》に駆《か》られる一方で、タールグの心は沈《しず》んでいた。

タールグが離宮に入ると、すぐに護衛兵の一人が訪《おとな》いを告げに屋敷《やしき》へと走る。少しして、レオナが外に出てきた。その顔は黄金のように輝いている。

「こんな時間にどうしたんです？　でもよかった、ターに見せたいものがあって」

　タールグは胸の重苦しさをこらえつつ、「なんだ？」と返した。

　話をしたら、この表情は見ることができなくなるだろう。だから、自分の話は後回しにした。

　レオナに手を引かれ、屋敷の裏手に案内された。拳大《こぶしだい》のものがゴロゴロと転がっている。

「……今年の砂糖大根、豊作でした！　すごいでしょう、去年よりも大きいし、面積あたりでも多くとれるようになったんです！」

　弾《はず》むレオナを見て、タールグは微笑《ほほえ》んだ。

「殿下はさすがだな」

　レオナが不思議そうな顔をして、タールグを見つめる。

「……これで、我が国もまた一つ豊かになった。礼を言う」

　レオナは久しぶりに顔を赤くして、こくこくとうなずいた。

　タールグは奇妙《きみょう》に満たされた、静かな思いで、レオナを屋敷の中へと促《うなが》した。ここに入るのは久々だ。前に来たのは、暗号のことを知り、激昂《げきこう》した時だった。

　レオナがいつものように丁寧《ていねい》に茶を淹《い》れてくれたが、タールグは酒を呷《あお》るように飲み干した。

「ユクステール王が、北方に兵を派遣《はけん》するという知らせが入った」

　ポットの蓋《ふた》を押さえ、自分の分の茶をカップに注いでいた手が止まった。

「……どういうことですか？」

「ハルイ王子の領地没収《ぼっしゅう》が決定されたという話が、俺の耳に入っている」

レオナの顔がみるみる青ざめた。

夏にレオナの父は崩御《ほうぎょ》し、兄である第一王子が即位《そくい》した。それからまた一気に、情勢が変わり始めたのだ。

「実はアキ族から、夏にまた連絡があった。王が代替《だいが》わりし、これまで認められていた自治も禁止になると。カリアプトの脅威が迫《せま》っているためという理由だそうだ。彼らからは、正式にカリアプト編入の申し出があった。各部族の連名で、だ。返事は保留している。ハルイ王子には、その旨《むね》を連絡した。もちろん、ユクステール王にも伝えている。ハルイは、夏から密《ひそ》かに街道《かいどう》整備を進めていたらしい。だが、それが王の知るところとなり、不興を買った」

「あ……兄は、ハルイをどうするつもりなんでしょう」

「わからない。今、あのあたりでは独立運動が盛んになっている。王は、市民保護の名目で派兵するようだ」

レオナの緑の瞳《ひとみ》が、どこか遠くを見るようにぼうっと霞《かす》んだ。

「……どうして、教えてくれなかったんですか。夏からのこと」

「心配させたくなかった。お前が一度里帰りした後の話だし、今こちらから余計なことはできまい」

レオナの瞳がゆらゆらと揺《ゆ》れ、弧《こ》を描《えが》くように動いて、タールグに焦点《しょうてん》が合った。

「……余計なこと？　もともとは、ターがハルイに手紙を送らなければ、兄の不興を買うこともなかったのではないですか……？　ハルイが街道整備することなんてなかった。結局、全部ターの思う通りになって、満足ですか」

「……レオナ、よく考えろ。お前の王位継承《けいしょう》権は引き下げられ、ハルイは丸腰《まるごし》で北方にやられたようなものだ。俺が関《かか》わらずとも、遅《おそ》かれ早かれこうなっていただろう」

「でも僕の国です！　せめて知らせてほしかった！」

「ハルイには必要なことを知らせている」

レオナはぐっと唇《くちびる》を噛《か》み、視線を下に落とした。

「確かに、僕が聞いたところで何もできませんね」

レオナは自嘲《じちょう》ぎみに言った。

「……そういう言い方はやめろ」

「どこにいても、できることなんてない」

「俺はそんなふうには思わない。だが母国ではそう思われていたんだろう。俺は、お前が来た当初は、何か策略があると思っていた」

「……ないですよ。僕は毒にも薬にもならない存在だから送られたにすぎません」

「だがそれも変わった可能性がある。元付き人がここに来たのがその証拠《しょうこ》だ。たぶん、お前はこれから狙《ねら》われるだろう。今のユクステールでは、お前はカリアプト側の人間と思われているんじゃないのか？」

「それは……僕にはわかりません」

「夏にユクステールへついて行った護衛官が報告しているぞ。……お前は、父親以外の親族と一切《いっさい》会うこともなく、着いてからもほとんど隔離《かくり》されて監視《かんし》されている状態だったと」

「……昔から、似たような感じです。さすがに監視されることはなかったけど、僕が何かの集まりに顔を出すことは嫌《いや》がられていたので」

タールグの中に、ユクステールへの反感と嫌悪《けんお》が巻き起こったが、それを外に出さないように気をつけた。

「俺はお前がいるから、ユクステールとの関係を良好に保ちたいとここ一年考えていた。だがもうそれも変わってきた。もし何か起きた時、俺はお前を国に帰すか、このまま手元に置くかの判断を迫られる。だから、お前が選んでくれ。……母国をとるか、俺をとるか」

レオナはうつむいたままだった。

沈黙《ちんもく》が長く長く続いた。時間が経《た》つにつれ、不安に押しつぶされそうになってくる。こんな感情が残っていたことが驚《おどろ》きだった。十代のころに、捨ててきたと思っていたのに。

「……どちらかなんて、選べません」

「選ばなければ、何も手に入らないと俺は思う。優先順位をつければいい」

だが本当は、自分を選んでほしい。喉《のど》のあたりまで出かけた言葉を、タールグは飲み込んだ。

レオナが自分から言うのでなければ、意味がない。

レオナは背を丸めて、大きく息を吐いた。

「……本当に本当のことを言えば、国なんてどうでもいいんです。あなたは国を広げていくことに夢中なんだろうけど、僕にはどうでもいい。畑や身の回りの人のほうが大事だし、でもそれは他《ほか》の人にとっても同じだろうと思う。だから争いは避《さ》けたい」

タールグは、レオナが紡《つむ》ぐ一言ひとことを、息を詰《つ》めて聞いていた。

「庭とか畑って、手をかけたらかけただけ応《こた》えてくれるんです。それは僕にとって自分の王国を作ることと同じです。それがなくなるから、戦争は、嫌だ」

レオナは押し殺した声で、今まで聞いたこともないほど理路整然と話をした。

「でもなんで今さら僕に選ばせるんですか。僕がカリアプト側の人間に見られているなら、僕に選択《せんたく》の余地なんて実際ない。僕はずっと裏切らないって言ってるし、この体も全部渡《わた》した。その上、さらにまだこっちから忠誠を示せと言うんですか。まだ信じてもらえないんですか」

レオナが静かに怒《おこ》っていた。初めての反応に、タールグはわずかに動揺《どうよう》した。だがレオナもきっと混乱しているのだ。国内の動乱に発展しそうな場面で、当然の感情だ。

「俺は……ずっと裏切られ続けたから、人を簡単には信じられないんだ、だが……」

「あなたは自分に愛される価値があると思っていないから、ずっと疑《ぎ》心《しん》暗《あん》鬼《き》なんです」

レオナは怒《いか》りのこもった潤《うる》んだ瞳で、タールグを見つめた。

「本当に好きなら、相手を信じると思う。結局あなたは誰《だれ》のことも、自分のことですらも好きじゃないんだ。だって自分がいなくなってもいいように、国を整えているんだから」

タールグの頭の中がカッと熱くなった。

個を殺して大義を通すことを、批判される謂《いわ》れはない。

自分の内面を、誰にも分析《ぶんせき》されたくはない。

だがレオナの言葉はタールグの心を抉《えぐ》った。自分自身のことが好きかなんて、考えたこともない。でも心の奥底に冷たく横たわる、誰からも愛されたことがないという無意識の怪物《かいぶつ》を見せられて、激しく動揺した。

慕《した》われ、恐《おそ》れられ、憎《にく》まれる。誰もが、自身の考える皇帝《こうてい》像を通してタールグを見ている。カリスマ的統治者、冷酷《れいこく》な支配者、母国の敵。誰も生身のタールグ・マト・カイリアークを愛してはいない。それに納得《なっとく》していたはずだった。

タールグは席を立った。離宮《りきゅう》を出て、馬を早駆《はやが》けさせて宮殿《きゅうでん》へと戻《もど》った。

もしレオナがここにいなければ……いや、彼を好きにならなければ、タールグは喜んで少数民族から編入の申し出を受け入れ、様子を見ながら彼らを支援《しえん》し、ユクステールと戦わせていただろう。

レオナはそれを代理戦争と言った。だがタールグにとってはそうではない。欲しいものは、自分でつかみ取らなければ手には入らないからだ。タールグは、そうしてここまで来た。だからこれは彼らの戦いだし、タールグ自身の戦いでもある。

でも今本当に欲しいのは、領土ではなくレオナだった。レオナの希望を叶《かな》えるために、あれこれと手を尽くし、心を砕《くだ》いてきたつもりだった。それでもレオナには、なぜ信じないのかとなじられる。もう十分、信じている。今までの自分からは考えられないほど、レオナに関しては例外が多い。それをレオナは知らないだけだ。

馬を走らせると、見慣れた周囲の景色が後ろへ後ろへ流れていく。これまでも、これからも、ただまっすぐに、あるべき理想の世界へと、自分は駆け上がっていくのだと思っていた。

だがレオナと出会ってから、世界は不安定だ。全然まっすぐには進めない。ぬかるみにはまり、足を取られる。いろんな街道を整備して、整えてきたのに、自分の道はぐちゃぐちゃだ。

これまでやってきたことは間違《まちが》っていたのだろうか。確かに人として、素晴《すば》らしいことをしてきたとは到底《とうてい》言えない。策略、陰謀《いんぼう》、暗殺、処刑《しょけい》。

これまでの生き方がすべて裏返しになってタールグを襲《おそ》う。空に向かって駆け上がるつもりが、気がつけば土にまみれてひっくり返っている。

そうだ、昔から自分は無様に生きてきた。その上に、強く冷酷な施政《しせい》者の仮面をかぶっていただけだ。本当は、愚《おろ》かで、卑怯《ひきょう》で、弱い人間だ。

それでも、いやだからこそ、清廉《せいれん》なレオナを求めずにはいられない。レオナに愛されたい。

ただ一言、「ターを選ぶ」と言ってくれたら、よかったのに。

◆

結局タールグは、少数民族の自治区域について正式にユクステールと協議することとした。会場となるのは、ハルイ王子のいる北方の城だ。これが終わり次第《しだい》、ハルイの処分も正式に決まるらしい。

今回もタールグは護衛兵に扮《ふん》し、極秘《ごくひ》で同行していた。レオナも来るようにと、ユクステールから要請《ようせい》があったからだ。

馬車でユクステールに入ってから、半月が経っていた。荒涼《こうりょう》とした野原が続き、たまに思い出したように町がある。眠《ねむ》たい景色ばかりで、カリアプトとは異なった様相を見せていた。

北であるのは同じなのだが、カリアプトでは街道《かいどう》沿いに木を計画的に植えていて、街が大きい。ここは土地が貧しいだけではなく、富の配分が行われていないのだ。

今、タールグの目の前には、全権大使となるアッバス外務大臣が座っている。緩《ゆる》く波打つ茶の髪《かみ》を後ろで一つにまとめた大臣は切れ者で、かつ見栄《みば》えのする男だ。表舞台《おもてぶたい》に立たせるのにちょうどよい。

レオナは畑や庭を補佐《ほさ》官に任せ、後続の馬車に護衛官と一緒《いっしょ》に乗っている。レオナと話をするきっかけは、つかめないままだった。

あれからタールグは、レオナに言われたことを一つずつ考えていた。

人は大義を口にする時、個人的欲望をそこに隠《かく》すと思っていたくせに、自分のことは棚上《たなあ》げにしていた。レオナから言われて初めて、自分の中に巣食う怪物に気がついた。

……一番古い記憶《きおく》は、五歳の時だ。

見知らぬ邸《やしき》に入るなり、母がこう言った。「今日から、外には出られないの」と。父に捨てられたのだと思った。

母は次第に幽鬼《ゆうき》のようになっていったが、幼いタールグを一番恐れさせたのは、時折母の部屋から聞こえてくる獣《けもの》じみた声だった。一度、心配で覗《のぞ》き見たことがある。本当に獣のようで、二度と母の部屋には行かなかった。タールグがその姿の意味を知ったのは、初めて女を買った時だ。小さいころの記憶をつなぎ合わせれば、母は出入りの兵士をとっかえひっかえ引っ張りこんでいたのだろう。それに気がついて以降、女の中で出したことはない。

ただの「排出《はいしゅつ》」が、新たな存在を生むという尊い行為《こうい》になるのは、耐《た》えがたい欺瞞《ぎまん》のように感じた。この世に生み落とされた子どもは、産んだ生き物からも、またその誕生に与《くみ》した生き物からも見捨てられたのだ。これが欺瞞でなくて、なんだというのだろう。

だが、自分をかわいそうな人間だと思ったことはなかった。誰よりも強くなれば、見捨てる側に立てるからだ。そう思っていたのに、レオナがタールグの弱さを暴《あば》いてしまった。

誰からも愛されていないと思っているタールグを飲み込もうと、虎視眈々《こしたんたん》と狙《ねら》っているのだと。怪物は、飲み込まれたら、自分はきっと暴君になるだろう。

国を大きくしていった未来に、何があるのか。この覇道《はどう》の先に、何もないことがどこかでわかっていたからこそ、領土の大きさではなく、その永続性に舵《かじ》を切ろうとしていたのではないのか。

だがその偉大《いだい》な事業ですら――レオナと二人で穏《おだ》やかに過ごす時間の前では、砂でこしらえた砦《とりで》のようなものだった。

タールグは、生まれて初めて、こういう時間がずっと続けばいい、永遠になればいいと願った。そのために国の安定が必要なのだと、ようやく肚《はら》の底から理解した。

今の自分にとっての真の望みは、レオナから愛されることだ。愛される人になりたい。でもどうしていいのか、わからない。愛されたことがないから。

貪欲《どんよく》に愛を求めていた。「信頼《しんらい》」という名前の愛をレオナに求めていたし、性愛を貪《むさぼ》って、でもまだ足りないという自分は、すでに怪物になりかけていたのではないか。

怪物を、レオナは好きになってくれるだろうか。

しばらく行くと山が近くなってきた。細い道幅《みちはば》が続く。

アッバス大臣が外を見て、「険しい斜面《しゃめん》ですね」とつぶやいた。このあたりは、道の両側に切り立った崖《がけ》が数キロ続く地形だ。

「ここを抜《ぬ》ければ、また広い道に出るはずだ。地図に出ていた」

タールグが言った時、乾《かわ》いた音がパラパラと聞こえた。不審《ふしん》に思うと同時に、外が急に騒《さわ》がしくなる。

「落石！」

叫《さけ》ぶような複数の声。直後、衝撃《しょうげき》がやってきた。車体が引き倒《たお》されるように大きく揺《ゆ》れる。

馬がいななき、馬車の周囲を怒声《どせい》が飛び交《か》った。

「陛下、お怪我《けが》は……」

壁《かべ》に手を突《つ》いたアッバスが、身を起こしながら言った。車体がいくぶん傾《かたむ》いている。

「問題ない」

「な、何が起きたのでしょう……」

「石が後輪にぶつかったかもな」

すぐに思ったのは、レオナの安否だった。後ろの馬車にいるのだ。

護衛兵が扉《とびら》をノックし、タールグは「無事だ」と返事した。携行《けいこう》する剣《けん》に手をかけながら薄《うす》く扉を開け、様子を窺《うかが》う。顔ぶれに異変がないことを確認《かくにん》すると、タールグは扉を開けた。

「後続は？　無事か？」

「被害《ひがい》はこの馬車のみです」

編隊長が小声で言った。

「車輪が破損しました。お乗り換《か》えが必要かと」

「ではここに四名を残し、事故の検証と馬車の後始末をしろ。そのうち誰《だれ》でもいい、馬一頭を護衛官に貸せ。馬車には私と大臣、殿下《でんか》が乗る。残る四名の人選は任せる。準備が出来次第、もう一度扉を三度ノックしろ。何か異変があれば、素早《すばや》く二回」

タールグは早口で指示を出すと、扉を閉《と》ざしてアッバスに向いた。

「故意でしょうか……」

「だがここで大臣を狙う意味があるか？　使者の代わりになる人材はいくらでもいる」

「陛下を狙ったものだとしたら？」

「皇帝《こうてい》の動きを知っている者は限られるぞ。……将軍、侍従長《じじゅう》……内務大臣と、お前だ」

青い顔をしたアッバスは、口を歪《ゆが》めるように無理に笑った。

「ご冗談《じょうだん》を。陛下は、街道建設の視察に行っていることになっているのですから、国土開発大臣もこのお忍《しの》びの行幸をご存じですよ」

「そういえばそうだな」

タールグは、あのいやらしげな男の顔を思い返した。

「もし陛下を狙ったものだとすれば、その情報がどこかから漏《も》れていたということになります。普通《ふつう》に考えれば、ユクステールとつながりのあるところから……となりますが」

「レオナが漏らしたと？」

「可能性の一つを申し上げたまでです」

タールグは口を強く結んだ。

このひと月、レオナはタールグに黙《だま》って、ハルイに手紙や記録集を送っている。だがガーフがそれを手伝っていたから、すべて報告が上がっていたのだ。

内容は、カリアプトで成功した砂糖大根の栽培《さいばい》方法だった。他《ほか》にも離宮《りきゅう》の畑で育てていた穀類の記録などもまとめ、薄い本に仕立てていた。送る前に目は通しているが、疑う余地は十分にある。……傍《はた》から見れば。

タールグは細く息を吐《は》いた。これからしばらく、レオナと一緒の馬車に乗る。期待と不安が交互《こうご》に押し寄せた。

前に言い合いになってからふた月、話もしていない。どんな顔をすればよいのだろう。どの位置に座ればいいのだろう。そんな些細《ささい》なことにすら、戸惑《とまど》ってしまう。

その時、扉が三回ノックされ、タールグは用心しながら外に出た。後ろにいるアッバスを先導するように見せかけながら、たくさんの護衛兵に囲まれて、足早に後続馬車へと移動する。

指先が冷たくなり、鼓動《こどう》が胸の中で反響《はんきょう》していた。ハルイの居城に入る時だって、たぶんこれほど緊張《きんちょう》しないだろう。

身をかがめて馬車に入り、ふと目を上げるとレオナが見ていた。タールグの心臓が、さっきの馬車よりも大きく揺れる。

しかしレオナは、気まずそうにふっと目を逸《そ》らした。

熱く真っ赤に脈動していた心臓は、暗く青い石のようになって、タールグの胸の奥に沈《しず》んでいった。

レオナの真正面に座って、目を逸らされ続けるのは辛《つら》い。結局、隣《となり》に間を空けて座った。もう本当に、愛想《あいそ》をつかされてしまったのだろうか。

チラリと横を見ると、レオナは向かいに座ったアッバスを凝視《ぎょうし》している。考えたら、レオナが大臣と直接言葉を交《か》わすのは、初めてだ。

視線に気がついたのか、大臣はにっこりと笑った。

「こんな状況《じょうきょう》で恐縮《きょうしゅく》ですが、ユクステールからいらっしゃった噂《うわさ》の王子殿下とこうしてお話しさせていただく機会がありますことを大変光栄に存じております。マキ・アッバスと申します。西の若き狼《おおかみ》、偉大なる皇帝陛下のもと、周辺諸国に遍《あまね》くカリアプトの曙光《しょこう》をもたらせるよう、外務大臣として務めさせていただいております。以後お見知り置きを」

慇懃《いんぎん》すぎるほどの流暢《りゅうちょう》な挨拶《あいさつ》を、レオナは目を丸くして聞いていた。

「レオナです。よろしくお願いします」

さっぱりと返され、大臣は少し驚《おどろ》いた顔をした。タールグのほうを窺うように見て、またレオナに視線を移す。それからバツが悪そうに笑った。

「よろしくお願いいたします」

さすがレオナだなと思った。まだこちらの言葉をそこまできちんと聞き取れないだろうし、ああいう挨拶にも慣れていないだろうが、精いっぱい誠実に対処しようとした結果、弁の立つ大臣をかえってたじろがせている。無垢《むく》の勝利だ。

レオナは、じっとアッバスを見つめていた。少し落ち着かない気分になってくる。ちょっと見過ぎではないのか。アッバスはなかなかの美男子だ。

「……大変失礼ながら殿下、私の顔に、何かついていますでしょうか」

「あ、ごめんなさい。僕の付き人をしているケイジに、少し似ている感じがして」

タールグはその理由にいくぶん安堵《あんど》したが、アッバスは顎《あご》を引いて、レオナを見つめた。一瞬《いっしゅん》、警戒《けいかい》と好戦的な興味がその眼《め》をよぎった気がしたが、すぐに和《やわ》らぎ、笑顔《えがお》になる。

「部下は上役と似るのかもしれません。でも彼のほうが、もっと優男《やさおとこ》で……美男子ですよ」

レオナは視線を手元に落として、ふふっと笑った。タールグの心臓が、少し軋《きし》んだ。

「……さっきのは、事故ですか」

「恐《おそ》れながら、このあたりの落石の危険については、事前に知らされてはいませんでした」

もしこの落石が自然のものだったとしても、ハルイがその注意喚起《かんき》を怠《おこた》っていたら問題だ。わざと危険な道を通らせたということになってしまう。

「僕も知りませんでした……すみません」

「いえ、そんな……」

素直《すなお》に謝るレオナを見て、アッバス大臣が苦笑《くしょう》した。

「……それにこの道、片方が崖というわけでもないですから、あの岩が馬車に当たっても確実に死ぬわけじゃないと思うんですね」

「そっか、崖だったら、馬車ごと落ちる可能性もある……のか」

レオナが感心すると、アッバスはクククッと笑った。しかしタールグの冷ややかな顔を見て、すぐに表情を引き締《し》めた。

「だから、自然のものか、そうでなければ、脅《おど》しでしょうかね」

タールグは腕組《うでぐ》みをして、レオナに呼びかけるでもなく言った。

「……ハルイ王子がやるとは思えないから、可能性としてはラディ卿《きょう》か」

今回の協議は、前辺境伯、レオナたちの大叔父《おおおじ》であるラディ卿が王の全権となってハルイの城にやってくる。

「では念のため、帰りは二手に分かれますか。この道のほか、山中を行くことも可能ではあります。アキ族の自治区域を通りますから、今のユクステールが手を出すのは難しいでしょう。砦《とりで》に一泊《ぱく》する必要がありますが」

「そうだな。誰がどちらに行くかは直前に決めよう。……誰が裏切り者か、わからないからな」

レオナの視線を感じる。言ってから、これではレオナを疑っているように聞こえるかもしれないと気がついた。

「僕は……どちらでも構いません。どちらの道を通るかも、教えていただかなくてよいです」

レオナを疑ってなどいない。でもこういう発言をさせる元凶《げんきょう》は、他ならぬ自分だ。レオナを信じていると言わなかったから。言えばよかったのだ。タールグはまた後悔《こうかい》した。

レオナを信じているし、愛している。そんなごく単純で素晴《すば》らしいことを、タールグはずっと自分の中で認めてこなかった。

あの時素直に「愛しているから帰したくない」と言えば、きっとレオナは受け入れてくれたのではないか。レオナは、タールグから試《ため》されること、レオナのほうから愛や信頼《しんらい》を示せと言われ続けることにうんざりし、怒《おこ》っていたのだから。

自分は愛されたいと思うだけで、いつも求めてばかりいた。レオナは、すべてを差し出してくれていたのに。

自分を変えなければいけない。レオナを失いたくないから。きちんと伝えなければならない。自分の気持ちを。この会合が終わったら、一番初めにすべきことだと思った。

道は次第《しだい》に山脈から離《はな》れ、ゆるやかな台地へと続いた。行手に、黄色い石の肌《はだ》を持つ、低い城が見えてくる。堅固《けんご》で、籠城《ろうじょう》と防御《ぼうぎょ》に特化した造りだとタールグは一目見て思った。これなら戦《いくさ》に慣れないハルィ王子でも、城にいて食糧《しょくりょう》さえあれば持ち堪《こた》えられただろう。

タールグは気を引き締めた。途中《とちゅう》、落石という危険に巻き込まれたのだ。偶然《ぐうぜん》とは思えない。恐らく、自分がここに来ていることをすでに知られているのではないか。だとしたら、この先何があってもおかしくない。

しかしレオナと同じ馬車に乗って二日、どうしてもそちらに気を取られている。

レオナからの視線を時折感じるが、見ると目を逸らされてしまう。だが大臣がいる手前、うかつなことも言えない。そういうやりとりを向かいで見ているアッバスが、少し小馬鹿《こばか》にしたような、笑いを堪《こら》えているような顔をするのが癪《しゃく》だった。

この男の部下である付き人のケイジ・ストラトスは、皇帝《こうてい》に対してというより上役に忠実な男だ。どう考えても皇帝の王子に対する執着《しゅうちゃく》を伝えているわけで、それを高みで見物して、たぶん楽しんでいる。

ぼんやり王子と腹黒大臣は二日で打ち解け、黙りこむタールグを置いてよく話をしていた。

「私は殿下《でんか》に感謝申し上げます。どちらか一方の付き人に、肩入《かたい》れされなかったこと……それで二人が親しくなったことが、上役である我々にもよかったのです。ストラトスからビョーク護衛官の話をよく聞きますので、彼の上官であるオルガ将軍とはこれまで反りが合いませんでしたが、今は酒を酌《く》み交わす仲までになりました」

「それはよかったですね」

相変わらずレオナの声は温かく、湿《しめ》ってくぐもっていて、優《やさ》しい。

「将軍の陛下への忠誠は本物です。ビョーク護衛官の入隊時の話を聞いて、私は将軍に感心しました。ただの単細胞《たんさいぼう》な男かと思っていたので。割とまし な単細胞でしたよ」

レオナが苦笑する。

「将軍って、口の周りにぐるんと髭《ひげ》のある人ですよね？　僕……最初の時から嫌《きら》われてる気がします」

眉《まゆ》を下げて情けなく笑うレオナの横で、タールグは反射的に腹を立てていた。

将軍は会議でレオナが寝《ね》そうになると、わざと大きな音や咳払《せきばら》いをして起こすのだ。皇帝の前で居眠《いねむ》りするのが許せないらしい。注意はしたが、「どういう立場だろうが会議で寝るのはおかしい」と譲《ゆず》らなかった。融通《ゆうずう》はきかない男だ。別にレオナ自身を嫌っているわけではないが、そう勘違《かんちが》いさせているわけで、その罪は重い。帰ったらきちんと釘《くぎ》を刺《さ》さねばなるまい。

「まさか殿下を厭《いと》ってなどいませんよ。ただ将軍は、戦に関しては頭が柔軟《じゅうなん》に働きますが、宮《きゅう》殿《でん》に入った途端《とたん》に突然《とつぜん》石頭になるんですね。恐らく」

大臣がやれやれとため息をついて言った。

馬車は城壁《じょうへき》内に進み、そこで降りた。跳《は》ね橋を通って、城門をくぐる。

中庭には到着《とうちゃく》の知らせを受けて、ラディ卿とハルイ王子が迎《むか》えに出ていた。

ラディ卿は七十歳、顎まで伸《の》びた白髪《しらが》の中に黒髪《くろかみ》が交ざる様子は燃えさしの黒炭を思わせた。背は高く、眼光は鋭《するど》く、かくしゃくとしている。中の火はまだ消えてはいなさそうだ。

その隣《となり》にいるハルイは、大臣の少し後ろにいる護衛兵姿の皇帝を見て目をひん剝《む》いたが、その威圧《いあつ》的な視線を受けてすぐに態度を取り繕《つくろ》った。ラディ卿はハルイの真横にいたから、気がついていない。

アッバス大臣は挨拶をしてから、ラディ卿とハルイ王子に握手《あくしゅ》と軽い抱擁《ほうよう》を交《か》わし、城の中に入っていく。

着いたその晩は、歓待《かんたい》の席が設けられた。ラディ卿とハルイ王子がもっとも奥まった席に座り、その近くにアッバス大臣とレオナが主賓《しゅひん》として席につく。

タールグは大臣の近くの壁際《かべぎわ》に立ち、全体の様子を眺《なが》めていた。入り口にはカリアプトの護衛兵がずらりと並んでいるが、そもそも城の中にいる時点で敵の胃袋《いぶくろ》の中に入ったも同然だ。

だが今回、ユクステール側が国境の砦で話すことを嫌がった。

レオナを連れてこいという事前の指示。行く道の落石。この協議自体が、恐らく何かの罠《わな》だ。

狙《ねら》われているのは、自分なのか。

だが密偵《みってい》によれば、ラディ卿は自身の軍を連れてきてはいない。城主はまだハルイではあるから、袋のネズミとなって襲撃《しゅうげき》される可能性は低いだろう。

最近、ハルイは兄レオナと皇帝の秘《ひ》めた関係に気づいているふしがある。とすれば、考えられるのはレオナの奪還《だっかん》だ。だからハルイもここにいる可能性が高い。もし何か仕掛《しか》けてきたら、すぐに護衛官がレオナを連れて逃《に》げる手はずになっている。

レオナを見れば、弟と楽しそうに話していた。だが、ハルイの表情はあまり冴《さ》えない。タールグはすっと目を細めた。ふとハルイがこちらを見て、警戒《けいかい》の表情を一瞬《いっしゅん》浮かべてから顔を背《そむ》け、兄のレオナに笑いかける。レオナの愛する弟とはいえ、何かあれば容赦《ようしゃ》はしないとタールグは思った。

夜が更《ふ》け、ラディ卿は退席し、ハルイが大臣と兄を今夜の寝所《しんじょ》に案内する。レオナの付き人である護衛官に目配せし、タールグのほうはアッバス大臣の後についた。

部屋に入ると、すぐにアッバスが「落石の件、不自然です」と言った。

「ハルイ王子は、ひどく驚《おどろ》いていました。あのあたりの危険を知らないのかと兄を怒っていましたよ。ちょっとわざとらしいほど。特殊《とくしゅ》な隊列の組み方があるそうです」

タールグは靄《もや》のようなものが胸にかかるのを感じた。しかし他《ほか》の貴族との交流がほとんどなかったレオナは、この城に来たこともないだろう。だから道も実際に通ったことはないはずだ。

「お前は、レオナを疑っているのか？」

「いえ、得た情報をお伝えしただけです。でもこれまで殿下はハルイ王子に種や苗《なえ》、ご自分でまとめられた技術書を、ここに送っていたそうですが。やりとりは頻繁《ひんぱん》にしていたのですね」

「それは私も目を通している。不審《ふしん》な点もなかった」

「そうでしたか。兄の性格を知る弟なら、行程の注意もしそうなものですが。それに王は、北方での砂糖大根の作付けを禁止する方向のようです。また今後、ユクステールの重要な輸出品と位置付けて、他国へ持ち出さないよう規制すると」

「馬鹿馬鹿《ばかばか》しい」

　タールグは制服の首元を緩めて椅子《いす》にドサッと腰《こし》かけた。

「レオナが大規模な栽培《さいばい》に成功したから、急にそう言い出したんだろう」

「えぇ。それを聞いた殿下が、それなら技術書を返してほしいとおっしゃり、ハルイ王子は同意されました。ですがこれも違和感《いわかん》があります。ノウハウが詰《つ》まったものを返してしまっては、我々を利することになり、ユクステール王の意向と矛盾《むじゅん》するのでは？」

「ハルイだからな。あれは兄を慕《した》っている。落石の件も、レオナを心配しているから怒るんだ」

「陛下はレオナ王子殿下に甘いですね。心まで砂糖漬《さとうづ》けにされましたか？」

　タールグが不快げに眉を寄せると、アッバスは深刻な顔で近くに座った。

「別にレオナ王子殿下を貶《おとし》めたいわけではありません。あれだけ純粋《じゅんすい》なお人柄《ひとがら》です。兄弟仲がよければ、普通《ふつう》は助け合うものと考えませんか。弟の安全を盾《たて》に取られたら、今後は弟を通じて王の言うなりになるとも考えられます」

「それはそうだが、逆に弟が兄の身を思ってこちらに便宜《べんぎ》をはかることも考えられる」

　いつになく頑《かたく》なになるタールグに、アッバスは不審な表情を浮《う》かべた。

「明日は仰《おお》せの通り、不可《ふか》侵《しん》条約の続行を確認《かくにん》し、侵略《しんりゃく》の意図はないことを伝えます。自治区域の問題はユクステール側に預けるが、自治は認めるよう進言もします。ですが、王だけでなくラディ卿《きょう》自身が、そもそも自治に反対なのです。成果はなさそうかと。それなのに、どうして今回王子殿下も同行させるよう、指示があったのでしょう。殿下がいらっしゃれば、必ず陛下も同行されるとハルイ王子が考えたからでは？」

「どうだろうな」

そんな回りくどいことを、ハルイがする必要性はあるのだろうか。

「とにかく、陛下がこちらにいらっしゃっていることが事前に伝わっていたのです。どうか身のご安全を。この部屋にお留《とど》まりください」

「……と、させるのが狙いなのかもしれんな」

タールグは席を立った。よく考えれば、レオナを連れてくるようにという指示を、ハルイが出すとは考えにくい。

「どちらへ⁉」

「レオナの様子を見てくる。変に具合が悪そうだった」

「私が行きましょう」

「いや、俺が行く」

アッバスは強い不満を露《あら》わにしていたが、観念したように立ち上がった。

「それなら兵を必ずお付けください！」

「わかっている」

タールグはひらひらと手を振《ふ》り、大臣の部屋を後にした。

レオナはだんだんと気分が悪くなっていた。

こうした宴席《えんせき》に招かれた経験がなく、不慣れだったことに加え、大叔父《おおおじ》であるラディ卿に勧《すす》められるがまま強い酒を飲み続けてしまい、ひどく酔《よ》っ払《ぱら》ってしまっている。

大広間はユクステールの王宮よりも装飾《そうしょく》は少ないが、天井《てんじょう》からは各諸侯《しょこう》の個人旗が極彩色《ごくさいしき》の藤《ふじ》の花のように垂れ下がり、正面の壁《かべ》には武具や甲冑《かっちゅう》、狩《か》りの獲物《えもの》となった熊《くま》や鹿《しか》の頭が所狭《ところせま》しと飾《かざ》られ、あれこれ話しかけてくるみたいだった。人の笑い声が絶えず響《ひび》いて、頭にこだまする。レオナはめまいを感じるほど混乱していた。

壁際に立つタールグが気になってしょうがなかったが、あまり見ていたらラディ卿に変に思われてしまう。見ないように気をつけて、なんとか宴《うたげ》を終えた。

レオナはどろどろに疲《つか》れた体を引きずり、階段をぐるぐると上って、今日休む部屋へと入った。中はすでにランプがともり、明るくなっている。心配するハルイと別れ、念のためドアに鍵《かぎ》をかけた。ふらふらとベッドに向かうと、天蓋《てんがい》を支える細い柱の後ろに立つ影《かげ》がある。元付き人のキリヤだった。具合の悪さが、ひゅっと引っ込んだ。

「どうして……」

「レオナ様……お会いしたかった」

キリヤが微笑《ほほえ》みを浮かべた。

「カリアプトにいるはずじゃ……どうしてこの城の中に？」

「ユクステール王御即位《ごそくい》の際の恩赦《おんしゃ》により、国外追放処分となった者たちにも、母国へ帰ることが許されたのです。ついこの前、布告が出ました」

レオナは無意識のうちに後ずさった。

「実は、それでラディ卿からお声がかかり、ここでお待ちするよう言いつかりました。殿下《でんか》を……お慰《なぐさ》めするようにと」

反射的に嘘《うそ》だと感じた。この国で育った高齢《こうれい》の王族が、国教に背く行為《こうい》に寛容《かんよう》であるはずがない。いくらレオナでも、それくらいはわかる。

「キリヤ、僕はもう君と話すことはないよ」

「そんなことをおっしゃらないでください。かつて私は罪を犯《おか》しました。でもあなたは無垢《むく》で、何もわかっていなかった。だから私は、一生をかけてあなたに償《つぐな》いたいと思ってるんです」

レオナの心が揺《ゆ》れた。償いたいと言っている人を、無下に切り捨てられなかった。

キリヤは微笑みながら、追いかけっこをするように間合いを詰めてくる。自然と入り口から遠い位置に追いやられた。進路を塞《ふさ》ぐようにキリヤが立っている。

タールグの言葉がよみがえってきた。

一度裏切ったやつは、また必ず裏切る、と。

「大丈夫《だいじょうぶ》……何も持っていません。ほら」

キリヤは、その場でシャツを脱《ぬ》いだ。服を絞《しぼ》るように触《さわ》り、振って、何も隠《かく》し持っていないことをアピールする。そしてそのまま、ズボンも下穿《したば》きも、靴《くつ》すらも脱いで、同じようにした。

全裸《ぜんら》になったキリヤは、レオナに一歩一歩近づいてくる。言い知れない恐怖《きょうふ》を感じた。

「ごめん。気分が悪いんだ。今日は、とりあえず帰ってくれないかな？」

明日、タールグに報告しなくては。今度こそ、自分から。

しかしぐらりと体が傾《かたむ》いた。引っ込んでいた具合の悪さが一気に戻《もど》ってくる。吐《は》きそうな気分だ。熱いし、だるいし、頭が回らない。キリヤが咄嗟《とっさ》に、レオナを支えた。

「お加減が悪いんですか」

変な感じがする。自分がこんなふうになっていることも。

――タールグ。タールグ。

朦朧《もうろう》とするレオナは、廊下《ろうか》へと続くドアに向かおうとした。だががっしりと抱《だ》きしめられていて、身動きがとれない。

「あなたにずっと謝りたかったんです。あの時のこと」

「やめてほしい」

「これからは、私がすべてお世話いたします。あなたのことは、私が一番わかってます。吐きそうなんでしょう、バルコニーから吐けばいい」

レオナは青ざめた顔でキリヤを見た。キリヤは誠実そうな顔で、じっとレオナの瞳《ひとみ》を見た。

「あなたを支える人が必要です。おひとりでは心配だ。いろいろ大変だったでしょう？　あなたには、いつも幸せでいてほしいんです。箱庭の中で、のんびり暮らすべきです」

体の違和感に加え、心の違和感までが大きくなる。

「僕は……もっと人の役に立つことがしたいんだ」

「それはご立派ですが、レオナ様はいるだけでいいんですよ。特別なことをなさらなくていいんです」

なぜだろう。前はそれが救いの言葉のように響いたのに、今は足枷《あしかせ》のように聞こえる。

タールグは、決してこんなことを言わなかった。何かをしろとも、するなとも言わず、好きにさせてくれて、そして認めてくれた。だからレオナの世界は広がった。

「まずは服を着て」

キリヤはうなずき、服を着た。

その時、ドア越しにイーサンの声がした。今はキリヤを変に刺激《しげき》しないほうがいいような気がする。咄嗟《とっさ》に返事をしてから、キリヤに言った。

「ここから出て行って」

再びイーサンが声をかけてくる。中での話し声が聞こえたのかもしれない。

「大丈夫……大丈夫だから、おやすみ！」

イーサンにまた返事をして、レオナはキリヤを見た。

「レオナ様がよくなったら出て行きます。まずは外の空気を吸われては？」

レオナはキリヤに促《うなが》され、バルコニーへと出た。

タールグは大臣の部屋を出ると、くつろげていた襟元《えりもと》を直し、入り口で待機していた護衛兵二人を連れて廊下を歩いた。レオナが案内されていた一つ上の階に上がり、そこにいるのがカリアプトの兵のみであることを確認《かくにん》する。長い廊下の前に、イーサン・ビョーク護衛官が立っていた。あそこがレオナの部屋だろう。

小声で面会を希望すると、護衛官がうなずいてドアをノックした。

「レオナ様、明日のご予定について確認させていただきたいのですが」

しばらくして、中から返事があった。

「ごめん、明日の朝早くにしてくれる？　もう寝《ね》たいんだ」

何か引っかかった。レオナは、基本的に自分の都合を押しつけない。相手が誰《だれ》であっても。

タールグはドアに手をかけた。鍵がかかっている。同じく変に思ったのだろう、イーサンが替《か》わり、ノブをガチャガチャと押しては引いて、扉《とびら》を叩《たた》いた。

「殿下？　お変わりありませんか？」

「大丈夫……大丈夫だから、おやすみ！」

「ハルイ王子を呼んでこい」

タールグはイーサンに言いつけると、すぐに隣《となり》の部屋へ向かった。護衛兵の一人を見張りに立たせ、もう一人を先導させて部屋に入る。

 タールグは暗い室内を突《つ》っ切り、腰高窓《こしだかまど》へと向かった。カーテンを開き、木の鎧戸《よろいど》を開ける。身を乗り出して左を見ると、レオナの部屋にはバルコニーがあった。その手すり壁《かべ》は腰ほどの高さしかなく、さして遠くない。だが飛び移るには、微妙《びみょう》な距離《きょり》がある。ここの高さから落ちても即死《そくし》はしないだろうが、最低でも骨折、打ちどころが悪いと死ぬ可能性もある。

バルコニーから室内へ通じる窓は開いていて、人の話し声がした。タールグは耳をそば立てたが、低い声でよく聞き取れない。押し問答をしているようだ。レオナの身に何が起きているのか。焦《あせ》りが募《つの》る。

音を立てずに飛び移れるだろうかと逡巡《しゅんじゅん》した時、レオナと男がバルコニーに出てきた。

「僕は大丈夫。今すぐ出ていくなら、僕は黙《だま》っているから。それで二度と姿を現さないで」

レオナはこちらを向き、男を説得した。男は背中しか見えない。

「レオナ様、まずは落ち着いてください。気持ちが悪いならここから吐けばいい」

この暗さで、レオナはタールグには気づいていない。男がレオナの手を強く引いて、手すりの下を覗《のぞ》きこませた。背中をさする。

「あなたをずっと愛しています」

タールグは喉《のど》が張りつき、動けなかった。あれは元付き人だ。これこそが、今回の罠《わな》だったのだ。標的は、レオナだったのだ。

だがレオナの言葉が耳の奥で残響《ざんきょう》となって、タールグの世界をぐちゃぐちゃにする。

逃《に》げて？　僕は黙っているから？　まだその男をかばうのか。

その時男が屈《かが》み、レオナの膝《ひざ》のあたりを持とうとした。

――頭から下に落とす気か⁉

タールグは横にいた護衛兵の長い銃《じゅう》を奪《うば》い、窓から身を乗り出して構えた。

「王子から離《はな》れろ！」

男が振《ふ》り返る。やはり元付き人のキリヤだった。

だがレオナが近い。少しでも動かれたら当たってしまう。

キリヤはそろそろとレオナから離れると、両手を上げた。タールグが狙《ねら》いを定めたその瞬間《しゅんかん》、室内から大きな音がした。二人が反射的に室内に顔を向ける。他《ほか》の護衛兵がドアを壊《こわ》そうとしているのだろう。その隙《すき》をつき、タールグはキリヤの右腕《みぎうで》を狙って引き金を引いた。

銃弾《じゅうだん》は、咄嗟に避《よ》けたキリヤの右腕をかすめた。キリヤがバランスを崩《くず》す。タールグは銃も小剣《しょうけん》も捨てて、無我夢中で跳《と》んでいた。

「ター⁉」

タールグは低い手すり壁を乗り越《こ》えてバルコニーになだれ込むと、キリヤに飛びかかった。揉《も》み合いになり、つかみかかってきたキリヤの左手をかわしてその大柄《おおがら》な体を投げる。キリヤはすんでのところで手すり壁のへりにつかまった。

片腕から血を流すキリヤは、苦悶《くもん》の表情を浮《う》かべている。

その時レオナが駆《か》け寄り、キリヤの手首をつかんだ。タールグはそれを呆然《ぼうぜん》と見ていた。急に体が動かなくなった。

レオナがキリヤの服を持って、なんとかその上半身を引き上げようとする。

「レオナ様……」

「カリアプトの兵に引き渡《わた》すから、きちんと話をしてほしい。今まで、誰に頼《たの》まれてたのか」

キリヤが媚《こ》びを浮かべながら、しかし焦った顔でレオナを見た。

「いえ、頼まれてなど」

「僕が君を許すことは、一生ない。顔も見たくない。また裏切られるのはごめんだ」

レオナがきっぱり言って、タールグを見た。その瞬間、タールグの時間がまた動き出した。

同時にイーサンが護衛兵を引き連れて、ドカドカと部屋に入ってくる。

「レオナ様！　ご無事ですか!?」

キリヤの顔つきが変わる。逃げる気だ。タールグの体は、考えるより先に動いていた。たぶんそれは、修羅場《しゅらば》をいくつもくぐり抜《ぬ》ける上で培《つちか》われた勘《かん》だった。キリヤがレオナの手を振り払《はら》い、壁《かべ》に沿って落ちそうになる。

「あっ」

レオナが声を上げるのとほぼ同時に、タールグはガバッとキリヤの服をつかみ、渾身《こんしん》の力を込めて引き上げ、バルコニーの床《ゆか》に叩きつけた。

やってきたイーサンがレオナの身を背中でかばい、続くハルイが取り乱した声をかける。

「兄上！」

ハルイはレオナの無事を見てホッと息を吐《は》き、それから護衛兵の格好をしたタールグが、刺《し》客《かく》の男を床に押さえて腕《うで》をねじり上げる姿を見て、「陛下⁉」と思わず口をすべらせた。

同時に、レオナがウプッと口を押さえ、バルコニーの外に向かって吐いた。

次の日の朝、ひどい頭痛でレオナは目を覚ました。昨日、バルコニーにいたところから記《き》憶《おく》がない。ベッドの横には、タールグがいる。

「……大丈夫《だいじょうぶ》か？」

「……吐き気はないけど、頭が痛い」

タールグが、そっとレオナの頭を撫《な》でた。

「酒に何か盛られたか、お前だけ強いのを飲まされたのかもしれない」

「変な味はしなかった。強いやつだと思う……」

「そうか。無事で、よかった」

あの日からずっと、怒《おこ》っているのかと思っていた。

レオナは剣だこのあるかさついた手をとって、強く握《にぎ》った。あの距離を跳んで助けにきてくれたことが、何よりタールグの心を表している気がした。

「……ター、怪我《けが》はない？」

「ない。……が、お前の馬鹿《ばか》な弟のおかげで、俺のことがユクステールの兵にバレた。今日のラディ卿《きょう》との協議、俺とアッバスで出る。お前は一日、休んでいろ。ビョーク護衛官をこの部屋の中に置く」

　レオナはうなずいた。

「ごめん」

　どうしてみんなができることが自分にはできないのだろう。もっと疑って、酒もちゃんと断ればよかったのだ。

「本当にごめん……役に立たなくて」

「いいんだ。政治のことは、俺がなんとかする」

「ごめんね。全然ダメだね、僕。ああいう席にそもそも慣れてないし、うまくできない」

たいして悲しくもないのに、つっと涙《なみだ》がこぼれた。情けなくて、体が勝手に泣いたのかもしれない。タールグはレオナと目線を合わせた。

「そもそも狙われてたんだから、そんなこと気にするな。それに……人には向き不向きがあると思うんだ。お前は、庭とか畑でがんばればいい。それはすごく……向いてると思う」

　レオナはうなずいた。こんなに優《やさ》しいことを言う人だっけ、と思った。レオナが弱っているからだろうか。頭を撫でられると、また眠《ねむ》くなってくる。もっと話したいのに。

「レオナ、水を飲め」

「……ん」

起き上がるのがしんどく、横になったままもぞもぞしていると、頭を持ち上げられた。

「飲んだほうが、早く楽になる」

タールグが口を合わせ、自分が口に含《ふく》んだ水を流し込んでくる。口の横からこぼれるばかりであまり飲めず、レオナは少し笑った。しょうがないので、体を起こして、たくさん飲んでまた眠った。


タールグはアッバス外務大臣とともに、協議の場となる小広間へ向かった。

小さめの石のテーブルには、すでにラディ卿とハルイ王子が席についている。ラディ卿は、痩《や》せて皺《しわ》の多い顔に不敵な笑《え》みを浮かべていた。この男が今まで辺境伯《はく》としておとなしくしていたのが不思議に思われた。

一方、二十三歳になったばかりのハルイは、ただ青ざめた顔で黙っている。

「狼《おおかみ》と鷲《わし》、そこに居合わせた若い鹿《しか》という感じですね」

大臣がタールグだけに聞こえる声で皮肉げに言った。そういうお前は狐《きつね》だろうと言いたかったが、老獪《ろうかい》な鷲の前で余計なことを言うのはやめて、静かに席についた。

ラディ卿はおもしろいものを見つけたような顔で、タールグを見つめた。

「いや、護衛兵の中に顔つきの違《ちが》うやつが一人いるなと思っていたら、まさか陛下だったとは。昨日の騒《さわ》ぎがなくて知らないままだったら、私の軍にスカウトするところだった。もっとも、ハルイは知っていたようだったが」

ラディ卿はさも愉快《ゆかい》そうに言ったが、決して明るい雰囲気《ふんいき》はなく、北方に似合う暗さと厳しさを漂《ただよ》わせていた。

「……昨日は我が国でお預かりしている殿下《でんか》に万一のことがなく、安心しました」

「あぁ、そのことなんだが、ちょっとその刺客の顔を見たい。私に頼まれてここに来たと言っているそうじゃないか。取り調べはまだだと聞いているが」

タールグは少しためらったが、すぐに了承《りょうしょう》した。実は必要なことはすでに昨日聞き出している。キリヤを地下牢《ちかろう》に連れて行く前のごく短い時間で、取り引きしたのだ。

キリヤはカリアプトで身辺を保護するという条件と引き換《か》えに、洗いざらい話した。最初から第一王子に言われて第二王子の付き人となり、レオナを嵌《は》めたこと、この前接触《せっしょく》したのもやはり第一王子からの指示だったこと。だが今回命を狙ったのは、ラディ卿の指示だという。

また、あのバルコニーは手すり壁《かべ》の外側に手をかけるところがあり、うまく下の階に逃《に》げられるようになっていた。レオナを突《つ》き落とした後は、密室にした部屋からこっそり逃げるつもりだったという。この城の細かいつくりを知っていることからも、ラディ卿が指示を出したという話に嘘《うそ》は感じられなかった。

地下牢へと向かうラディ卿に従いながら、タールグは考えていた。

なぜ現ユクステール王の子飼いの男が、今回はラディ卿の指揮下に入ったのだろう。王から指示すればいいものを。

――つまり、王はこの件に関《かか》わっていないということか。

レオナをここに呼び、事故に見せかけて暗殺する。それで得をするのは誰《だれ》だ？

王はカリアプトとの戦争を望んではいないと聞くが、その妻である妹は望んでいるはずだ。

ラディ卿はどうだろう。

地下牢の前にはカリアプトの護衛兵が二人、立っていた。

「ご苦労」

ラディ卿は前に進み出て、護衛兵に声をかけた。中にいたキリヤが顔を上げ、不審《ふしん》な顔をして、その場にいる人間を順に見つめる。タールグの中に、野性の本能というべき警戒心《けいかいしん》が一気に膨《ふく》らんだ。

ラディ卿は笑いながら振《ふ》り返り、「彼はどうやら、雇《やと》い主であるはずの私の顔がわからないようだ」と護身用の短銃《たんじゅう》で素早《すばや》くキリヤを撃《う》った。

地下の閉鎖《へいさ》された空間に、爆発《ばくはつ》するような音が響《ひび》き渡《わた》る。タールグは、至近距離《きょり》で発せられた発砲音《はっぽうおん》を無表情でやり過ごした。

実際に動く末端《まったん》の人間が、もっとも上にいる人間と会っているはずがない。

「王族に手をかけるとは、死罪が相当。……これで取り調べの手間もなくなった」

タールグの横にいたハルイは、完全に青ざめて怯《おび》えた顔をしていた。タールグは小さくため息をつき、ハルイの背中を軽く叩《たた》いて、来た道を戻《もど》るよう促《うなが》した。


小広間に戻ると、テーブルには酒とつまみの干し肉や果物が用意されていた。ラディ卿は干し肉を嚙《か》みちぎり、それを酒で流しながら言った。

「ハルイ、あれくらいで血相を変えるな。みっともない。陛下を見ろ。まるで私がこうすることを予測していたかのように、泰然《たいぜん》としていらっしゃる」

ラディ卿はニヤリと笑った。ハルイは一切《いっさい》のものに手をつけず、ただ黙《だま》ってうつむいている。

「お前もレオナもまったく腑《ふ》抜けだ。お前たちの兄だって、たいして見どころもない男だし」

孫ほども離《はな》れた者たちの中で、ラディ卿は気ままに振る舞《ま》っていた。これは国と国の正式な協議の場だったはずなのだが。

タールグは毅然《きぜん》とした態度を崩《くず》さずに、しかしにこやかに言った。

「そうはおっしゃっても、閣下《かっか》はユクステール王のご指示に従い、ハルイ王子殿下にこちらの領地を明け渡されたではないですか」

ラディ卿は口を開けて大きく笑った。

「あぁ、この老いぼれに今さらの引っ越《こ》しはこたえたよ」

ラディ卿は辺境伯でいることに不満はなかったのかもしれない。相当好き放題していたのだろうから。だが今は不満があるのだ。豊かな南に行くとはいえ、長らくいた領地から離れ、鍛《きた》えた軍も使う機会がない。

タールグの中で、バラバラのものが一本につながりそうだった。

ラディ卿は、恐《おそ》らく今の若い王に不満がある。王の妻はカリアプトとの戦争を望んでいる。二人が接触する機会は、ラディ卿が南に移った今、いくらでもあるだろう。このユクステールの地でレオナを暗殺し、カリアプトの仕業《しわざ》とすれば戦いの口実ができる。現に、レオナのいる部屋の廊下《ろうか》にも、大臣のいる階にも、ユクステールの兵は一人もいなかったのだ。

ラディ卿はカリアプトとの交戦を望んでいるのだろうか。

「閣下、本題に入ります。アキ族を含めた二十三の部族から、カリアプトへの編入を要望する正式な文書が届いています」

タールグが目配せすると、アッバス大臣は書状の写しを出した。

「何が正式な文書だ。字も書けんだろう、あいつらは」

ラディ卿は小馬鹿《こばか》にした表情を浮《う》かべながら、無機質な目で言った。

「ハルイ、お前の兄も文盲《もんもう》だったな。あれは男狂《おとこぐる》いだから、神が罰《ばっ》を与《あた》えたのだ」

「兄を侮辱《ぶじょく》するのはおやめください。大叔父《おおおじ》上」

ハルイがきっぱり言った。タールグは内心、おやっと思い、ハルイを見つめた。

「レオナがいたからこそ、こうしてわざわざ陛下がお越しくださっています。カリアプト帝国《ていこく》と我が国の架《か》け橋として、兄は立派にその任を果たしています」

「距離が近すぎるのも考えものだと、王も思っているぞ」

ラディ卿《きょう》は意地悪くからかうように言ったが、ハルイはタールグを見て一言ひとことはっきり言った。

「無闇《むやみ》な戦争は避《さ》けたいというのは、ユクステール王の真意です、陛下。兄のレオナも、また私も同じくそのように考えております」

タールグは、この少し頼《たよ》りないがまっすぐな気性《きしょう》のハルイを、弟のように感じ始めていた。

「私もだ、ハルイ王子。だからこそ、この書状を受け取り、貴国に相談した。……私の提案としては、まずユクステールのほうで彼らの自治をお認めになってはどうか？」

これだけ反対する王族が多くては、おいそれと交戦に踏《ふ》み切れはしないだろう。

妹のほうもすでに手を打っていた。協議を申し入れる際、王宛《あ》ての親書を出しておいたのだ。

どうやら、妹がカリアプトからついていった臣下と不義を働いているらしいと。

寝返《ねがえ》った部下がどうなろうと、知った話ではない。

ラディ卿は両の口角を上げて、タールグをじっと見つめた。

「自治？　とんでもない。未開の地だ。やつらは神の存在を理解できていない」

「彼らには彼らの神がありますよ」

タールグが冷笑《れいしょう》しながら言うと、ラディ卿の灰色の目が据《す》わった。人差し指を突きつけ、まるで子どもにでも言い聞かせるかのように、上下に振る。

「帝国も、神の威光《いこう》を知るべきだ」

相当に厄介《やっかい》な、水路に詰《つ》まった巨大《きょだい》な石のような老人だと思った。

この老人と短絡《たんらく》的な妹が結託《けったく》するなど、現実的に考えにくい。だが利害は一致《いっち》している。

ユクステール王はつくづく馬鹿《ばか》だ。この老いぼれは、ここに置いておけばよかったのだ。

「カリアプトは邪教《じゃきょう》も取り締《し》まらず、あらゆる享楽《きょうらく》を許し、鶏姦《けいかん》もなんでもありと聞く。架け橋になったとかいうあの男好きのぼんくら小僧《こぞう》は、陛下の男ぶりをもってすればさぞ御《ぎょ》しやすいだろう？　だが橋を開通してやったからその先も好き放題しようったって、そうはさせん」

タールグは内心はらわたが煮《に》えくりかえる思いだったが、ハルイが真っ赤な顔をして怒《いか》りをこらえているのを見て、つい笑いそうになった。

ラディ卿は、レオナとの関係を知っているらしい。

王子を暗殺したのはカリアプトだということにすれば、ユクステール側の戦《いくさ》の口実になるが、さらに皇帝《こうてい》の王子に対する寵愛《ちょうあい》を知っていれば、無実のカリアプトはやはりユクステールに宣戦布告すると考えるだろう。

レオナとラディ卿が話したのは昨日の宴席《えんせき》だけだ。それで皇帝との仲まで把握《はあく》できるわけがない。つまりはそれも含《ふく》めて情報が――カリアプトから送られていたということだ。

誰が？　タールグの頭に浮かぶのは一人しかいなかった。レオナがカリアプトからいなくなればいいと思う、皇帝に近い者。今回の皇帝の帯同を、職務上知りうる者。

個人的欲望は、下劣《げれつ》であるほど大義を上回るのかもしれない。

「ではこの申し入れを我が国が認めたら、どうなります？」

「それは不可侵《ふかしん》条約に反する行為《こうい》だ。どちらかがどちらかの権利を一方的に侵害する場合、条約は破棄《はき》される」

「その場合は、開戦も考えられるし、人質《ひとじち》は好きにしていいと？」

「まぁそうなるかもしれませんな」

タールグは口元だけを緩《ゆる》めた。

「なるほど。私にとっては特に痛くも痒《かゆ》くもありませんが、レオナ王子殿下《でんか》、ハルイ王子殿下、ユクステール王のご意向を汲《く》み、山岳《さんがく》民族からの申し入れは棚上《たなあ》げとしましょう」

ラディ卿は目を細め、タールグから視線を逸《そ》らさないまま酒を飲んだ。

翌日の帰りの馬車で、レオナはタールグから淡々《たんたん》と告げられた。

「ハルイはこれから窮地《きゅうち》に立たされるかもしれない。俺のことをわかっていながら告げなかったことで、たぶんラディ卿の怒りと不信を買った」

レオナは目を伏《ふ》せた。結局、協議はなんの進展もなかったらしい。

「でも城を出る直前、ハルイが言ってました。大叔父は、ターが同行してることを知ってたんじゃないかって……。顔はわからなかったようですが。もし本当に知らなかったら、もっと激《げき》怒《ど》するはずだって」

「ハルイの勘《かん》は正しいと思う。たぶん落石もラディ卿の仕業だろう。どちらの馬車に当たるにしろ、周りの者は密《ひそ》かに来ている皇帝への脅《おど》しだと思う。俺は知っているぞという示威《じい》行為《こうい》だ。と同時に、お前への注意を逸らすことができる。普通《ふつう》はユクステールの王子をユクステールが狙《ねら》うとは思わないから」

タールグは正面を向いたまま、遠くを見るように言った。

「ハルイには、何かあれば俺とレオナを頼れと言っておいた。すぐには何もないだろうと思うが。今回、ユクステールに莫大《ばくだい》な支援《しえん》を約束したんだ。妹についていた部下が、どうやら不義の関係を結んでいることもわかったから、その詫《わ》びだ。この協議の前に書状を送ったから、もう王の耳に届いていることだろう」

レオナはふと隣《となり》にいる男を見た。タールグは無表情でただまっすぐ前を見ていた。

以前、妹を処刑《しょけい》したいと言っていたはずだ。でもかつて自分の身に置きた裁判を思い出すと、いつも胸が苦しくなる。だからぐっと勇気を振《ふ》り絞《しぼ》り、タールグに言った。

「どうか、妹君に寛大《かんだい》なご処置を。兄にも伝えてください」

「……ユクステールの国教では、離婚《りこん》は禁じられているだろう？　夫の気持ち次第《しだい》だと思うが」

「ええ。ですがもし妹君がカリアプトに戻《もど》されることがあっても、極刑《きょっけい》にはしないでください。僕みたいに、もしかしたら誰《だれ》かに嵌《は》められたのかもしれないですし」

しばらく沈黙《ちんもく》が続いた。

「……わかった」

レオナはまた、迷いながらキリヤのことを訊《き》いた。今のタールグなら、怒《おこ》らないのではという気がしたからだ。

「あいつは、お前の兄の指示で昔から動いていたと白状したぞ」

胸の中に、寂《さび》しい風が吹《ふ》いた。だが心はタールグで満たされていて、自分でも不思議なくらい、辛《つら》い気持ちにはならなかった。

「……もう会うつもりはないので。これからは誰かを騙《だま》さずに生きてほしいです」

タールグは難しい顔でレオナを見つめ、「そうだな」と一言だけ言った。タールグは窓の外に顔を向け、レオナの手を握《にぎ》った。

「……あの男のこと、お前はまた許すのかと思っていた」

「ターが教えてくれたから。一度裏切った者は、また必ず裏切るって」

レオナが静かに言うと、タールグはこちらを向いた。今まで見たことのないような、悲しみに満ちた顔をしていた。どこか不安になり、でも表情からは真意もわからず、レオナはパッと訊いた。

「ターは今、僕のことを、どう思ってますか」

「いや……お前のよいところを、俺が変えてしまったんじゃないかと思った」

タールグは顔を正面に戻し、小さく言った。こういう不安げな横顔を今まで見たことがなく、レオナは戸惑《とまど》った。

「よいところがあるかはわからないけど……ターに会ってから、僕はすごく楽になった……気がする。世界が、綺麗《きれい》にわかれて並んだ感じ」

「そうか。俺はお前に会ってから、わけがわからなくなってる。今も」

タールグはレオナの頭に手を回し、身を大きく傾《かたむ》けてさっと口づけた。柔《やわ》らかい唇《くちびる》の感触《かんしょく》、それを邪魔《じゃま》するカサついた硬《かた》い皮。

表面をかすめるような触《ふ》れ合いなのに、体の奥にまで熱が届く。

「口がいつも荒《あ》れてる」

レオナが掠《かす》れた声でつぶやくと、タールグは下唇を舌で舐《な》めて潤《うるお》した。捕食《ほしょく》するようなその仕草が官能的で、目が自然に吸い寄せられた。

視線が強く絡《から》み合う。この前のことは怒ってないのかとか、言い過ぎてごめんとか、タールグに言おうと思っていたことが、全部溶《と》けてなくなっていく。

「あの、大変恐《おそ》れ入りますが、そこまでにしていただけますか?」

向かいにいたアッバス大臣が冷静に声をかけた。

「どうぞお気になさらずと言いたいところですが、さすがにこの近さですと、ちょっと」

タールグが荒《あら》い息を吐《は》いてつぶやいた。

「レオナ……夜に、また」


宿に着くと、タールグは護衛兵のふりをしてレオナにつき従い、一緒《いっしょ》の部屋に入った。もちろん、レオナの護衛官は部屋の外に立っている。

二人きりになったら、まず今までのことを謝ろうと思っていた。それから愛していると告白して、ずっと一緒にいてほしいと頼《たの》むのだ。

タールグはレオナの手首をつかむとずんずん進み、奥の壁《かべ》の前に立たせて手をついた。壁とタールグに挟《はさ》まれる形になったレオナは、気まずそうに目を伏せた。

「……俺が馬車に乗った時も、そうやって目を逸らされたな……」

ふとつぶやくと、レオナはびっくりした顔で目を上げた。

「だってその服着てるター、かっこいいから」

タールグはなんと反応していいかわからず、口を結んだ。レオナは耳を赤くし、もじもじと言った。

「ずっと言おうと思ってたけど、似合うよ、その格好。髪《かみ》の色が引き立つし……金のボタンも、合ってる」

護衛兵の制服は、全体が紺色《こんいろ》で、水色のラインが入るデザインだった。こちらまで赤面しそうになり、タールグは虚勢《きょせい》を張った。

「俺は何を着ても似合うはずだが」

「それもそうだね」

レオナはちょっと驚《おどろ》いた顔をして、はにかむように笑う。タールグは思わずレオナをきつく抱《だ》きしめた。

――あぁ、馬鹿《ばか》なのか、かわいいのか、わからない。

「……馬鹿かもしれないけど、かわいくは、ないと思う」

タールグは怪訝《けげん》な顔でレオナを見つめた。

「お前、人が考えてることがわからないというが、心を読む特殊《とくしゅ》な能力があるんじゃないか？」

「……え？　だって今、そう言ってたでしょ、小さい声で。僕は耳はいいから……」

心の声が漏《も》れていたことに、タールグは激しく動揺《どうよう》した。

「じゃあ俺は本音を垂れ流してたのか？　今まで」

危機管理的には最悪だ。思わず片手で口を塞《ふさ》ぐと、レオナは不思議そうな顔をした。

「さすがに、しょっちゅうはないよ……そういう時のターの顔、他《ほか》の人といる時は見たことないから」

「俺はどんなアホ面《づら》をしてるんだ？　その時」

「えっ……どんなって……目が据《す》わってる感じかな。僕を凝視《ぎょうし》してる。でもそんな変な顔はしてないよ」

レオナはタールグを元気づけるように微笑《ほほえ》んだ。それから少し顔を曇《くも》らせ、視線をふっと外した。

「それで前にも……ターに愚《おろ》かだなって言われたよ」

「そんなことをお前に言った記憶《きおく》はない」

「あるよ。初めて……ターに口を吸われた日。キリヤのことを聞かされて、僕が心配したら、本当に愚かだなって言ってた。今思うと、本当にその通りだなって」

タールグは眉《まゆ》を寄せ、その日のことを思い出した。出会った当初ならともかく、その時期にレオナを愚かだと思ったことはないと思うのだが。

「……あぁ～、思い出したぞ。それは自分に向けて言ったんだ」

「え、どうして？」

澄《す》んだ緑の瞳《ひとみ》で問いかけられ、タールグは言葉に詰《つ》まった。

他の男の心配をするレオナを見て、さらに好きだと思ったことを本人の前で言えると思うのか。タールグはつい誤魔化《ごまか》したくなり、再び強く抱き寄せた。口づけを交《か》わし、レオナを見る。

レオナはぽうっと頰《ほお》を上気させ、ふと目を伏《ふ》せた。

「……最初にターにこうされた時、なかったことにしてくれって言われたのは、悲しかった」

「え？　いや、違《ちが》うぞ。それは『お前を殺してやる』って言葉を、なかったことにしてくれという意味で……」

二人で見つめ合い、どちらからともなく笑った。張り詰めていた糸が緩《ゆる》み、疲《つか》れが癒《いや》される。想像の中で何度も謝る手順を練習していたのに、全部泡《あわ》みたいに消えてしまった。現実だけがここに残り、タールグはなすすべもなく、幸せな流れに押し流される。

レオナに尽《つ》くしたいと思った。この体は、すべてレオナを喜ばせるためにある。


レオナは強く抱きしめられた。口を吸われながら、タールグの手がシャツの下をもどかしそうに這《は》ってくる。下唇の肉を食《は》まれ、引っ張られて、離《はな》された。青い瞳が炎《ほのお》のようにゆらゆらと揺《ゆ》らめき、熱い息がかかる。

「レオナ……」

ごつごつした手のひらがレオナの柔らかい脇腹《わきばら》を撫《な》でて、少しずつ上がっていく。両の親指が、胸の尖《とが》った先をくっと押した。再び唇がやってくる。勢いに押されて、ベッドに背中から倒《たお》れ込んだ。タールグは飢《う》えた人のように、激しく顔を左右に傾けてレオナの腔内を蹂躙《じゅうりん》した。溺《おぼ》れそうになって、レオナは口づけの合間にハッと息継《いきつ》ぎをした。シャツを乱暴に脱《ぬ》がされ、タールグが首筋に食《く》らいつく。浮《う》き出た筋を甘噛《あまが》みされながら、顔は下がり、鎖骨《さこつ》のくぼみに舌が這った。

タールグはレオナの体の上に覆《おお》いかぶさるような体勢になり、片方の手を腹から下に伸《の》ばした。敏感《びんかん》に盛り上がったところを布越《ご》しにゆっくり撫でられると、体が甘く疼《うず》く。下から持ち上げられるように触《さわ》られ、同時に胸の先が温かいもので包まれた。

「あ……」

絶妙《ぜつみょう》に強弱をつけて吸われると、鋭《するど》い刺《し》激《げき》が胸の奥にまでやってくる。舌で弾《はじ》くように舐められると、たまらなかった。

「きつくなってるな」

タールグが、レオナの股《また》ぐらをいやらしげな手つきで触りながら言った。顔がカッと熱くなる。タールグはもどかしそうにレオナのズボンのボタンを外し、穿《は》いているものをすべて脱がせた。

レオナを見下ろしながら、タールグが詰まった首元を緩める。

「この服が好きっていうなら、着たまま王子に奉仕《ほうし》するが」

恥《は》ずかしくて正視できない。レオナは口元に手の甲《こう》をあてがい、顔を背《そむ》けた。

「ほら、ちゃんとこっちを見ろ、王子様」

タールグはレオナのズボンを緩め、赤く充血《じゅうけつ》したところを口に含《ふく》んだ。

「えっ、ちょっ、そんなこと……しなくていい！」

レオナは焦《あせ》ってタールグの頭を両手でつかんだが、舌は構わず動いた。先端《せんたん》の割れ目を舌の先でほじられ、たっぷり舐《な》められる。裏筋に舌を這わされた。舐められたのは初めてだ。タールグはじゅぶじゅぶと卑猥《ひわい》な音をさせ、菓子《かし》を与《あた》えられた小さい子のようにしゃぶりついた。

「あ……タ、タール、そんなこと、しなくて……」

同時に、オイルをまとった指が窄《すぼ》まりを刺激した。指で押し広げられると、物欲しそうにひくついているのが自分でもわかる。縁《ふち》をなぞるように触られて、内腿《うちもも》に鳥肌《とりはだ》が立った。指がつぷんと中に入ってくる。タールグは口を離し、丁寧《ていねい》にほぐしはじめた。

弱いところを押されると、つい声が漏れる。でも前からも漏れて、ずるずると濡《ぬ》れていた。

「俺の指の動きに合わせて、膝《ひざ》が閉じたり開いたりしてる」

「だって……気持ち、よすぎて……」

その時、指が引き金を引くようにくいっと曲げられて、レオナは小さく達しそうになった。

「ああっ……！」

同時に先を舐められ、レオナは小さく悲鳴を上げた。

「ダメ、一緒は……ッ」

体の内側と外側から、交互《こうご》に刺激がやってくる。指を突《つ》き上げられて腰《こし》全体に快感が広がった瞬間《しゅんかん》、それを引っ張り出すように、じゅっと吸い上げられた。城を陥とすような、巧《たく》みな間合い。繰《く》り返されると、腰が抜《ぬ》けそうになった。内腿が勝手に震《ふる》えはじめる。

「ああっ、ああっ、ああっ、だめ、だめ、そこ、くる、あっ、あっ……」

熱いものがいっぱいになり、びゅっと出た。腰がびくびくと動き、頭がぼうっとなる。

タールグは指を抜くと、前立てをくつろげた。硬《かた》くなった自身を、もどかしそうに引っ張り出す。反り立ったその先が少し引っかかり、タールグが反射的に腰を引いた。あの大きく赤く張り出した亀頭《きとう》が、敏感になりすぎているのだろう。

タールグは紺《こん》のジャケットを乱暴に脱ぎ、シャツの前をはだけさせた。鍛《きた》え上げられた美しい肉体が中から現れる。

平らに盛り上がった左右の胸筋。網目《あみめ》のように割れた腹筋。その下に目を落とすと、力強く天を向いてそそり立つものが見えた。レオナとは違い、赤黒い幹はゆるやかに反っている。青く見える血管は蔓《つる》のように巻き付いて、今にも暴発しそうだった。

タールグがレオナの膝の間に体を入れ、腰を両手でつかむ。栓《せん》を失ってひくひくと蠢《うごめ》く穴に、丸く濡れたものがあてがわれた。

「挿《い》れるぞ」

十分に広げられたと思ったのに、こじあけられるような感覚がある。この暴威《ぼうい》に、レオナの薄《うす》い粘膜《ねんまく》はぴったりと張りつき、ぎゅんと締《し》めつけた。

「ッ、キツいな……」

タールグが、苦しそうに低く笑う。ずるんと入ってきたそれは、奥までゆっくりと進みながら、レオナの弱いところをしっかりと攻《せ》めた。

「ンンッ〜〜ッ」

レオナはまた身をのけぞらせて、快楽に震えた。そうしているうちにタールグはさっと退却《たいきゃく》し、その過程でまた弱いところを押さえてくる。張り出しを十分に使い、巧みに腰を動かして。

あの形がいけないのだ。反っているから、出し入れされるだけでも敏感な場所にちょうど当たってしまう。

「ああ、ター、そこ、いい、きもちいい……」

臍《へそ》の裏まで、いやらしく掻《か》かれているみたいだった。どうしようもなく気持ちがいい。

奥までぐっと挿れられて、腰を回すようにされた時、レオナは小さく叫《さけ》んだ。

淫《みだ》らでゆっくりとした動きは、規則正しい律動に変わり、また瑞々《みずみず》しい快感が体を支配した。

強い風が草原を幾度《いくど》も揺らすように、レオナの柔《やわ》らかい肉壁《にくへき》を、タールグの男根が強く長く行き来する。

タールグが次第《しだい》に動きを速めた。硬い体が尻《しり》にぶつかり、パンパンと乾《かわ》いた音を立てる。

往復されて、幾度も突かれる。体の芯《しん》を揺すられて、官能が高まっていく。

「レオナ……」

囁《ささや》かれるように呼ばれて、レオナは顔を向けた。頭の中は白く霞《かす》み、瞳は自然と潤《うる》んでいた。

「そうやって口を開くからな、俺は毎回塞《ふさ》ぎたくなる」

タールグはレオナの唇《くちびる》に唇をぴったりと合わせ、舌を中に挿れて吸った。そのまま腰を動かされ、しびれるような法悦《ほうえつ》がやってくる。きつく締め上げられたタールグ自身が、どくんと脈打った。

声が漏《も》れないよう口を塞がれながら、二人で高みにのぼる。

ようやく口を離され、レオナはくったりと顔を横に向けた。体はまだつながったままだ。

タールグはレオナの脚《あし》を閉じさせると、横向きにさせ、後ろから包むように抱《だ》きしめた。硬い腹筋、厚みのある胸が隙間《すきま》なく背中に当たる。かさついた大きな手がそっと腹に当てられ、後ろから挿れられたまま、耳元で囁かれた。

「ここに……俺の種が入ってるんだな」

それはまるで、子どもを望んでいるような言い方だった。

「僕が、女ならよかった……？」

タールグは静かに笑った。

「どっちでもいい。お前がお前のままなら、どっちにしろ、愛しているだろうから」

達してぼうっとしていたレオナは、思わず息が止まりそうになった。

「……今までいろいろ不安にさせたり、誤解させたりして、悪かった」

レオナは、ふわっと目を見開いた。

「俺は嫉妬《しっと》深《ぶか》くて……疑心暗鬼《ぎしんあんき》で……嫌《いや》なやつなんだ」

「そんなことない」

「いや……この前、言い合いになった時だって、本当は俺を選んでほしいと思ってたのに、言えなかった。お前に、いつも、求めるばかりで」

　タールグが鼻先をレオナの髪《かみ》に埋《うず》めた。

「ううん……僕こそ、この前は言い過ぎて、ごめん。ターのこと、好きなんだよ……。あの高さなのに、跳《と》んで助けにきてくれて、本当にうれしかった」

「お前は、いつも素直《すなお》に自分の気持ちを言ってくれるよな」

　タールグはレオナの肩口《かたぐち》に顔を埋めた。

「俺も……好きなんだ。どうしようもなく。自分の命なんて、どうでもよくなるくらい」

　レオナが小さく振《ふ》り向くと、タールグが顔を上げた。口を深く合わせて離《はな》すと、青い瞳《ひとみ》が蕩《とろ》けていた。

「自分を騙《だま》していたやつを心配するお前が好きで、好きで、でも嫉妬して、どうにもならなくて、自分が馬鹿《ばか》だと思った。だから愚《おろ》かだなって自分に言ってしまった」

　愚かだとつぶやかれた意味がわかり、レオナは笑った。

「ほんとに馬鹿だね」

「あぁ、馬鹿なんだ。だから、さっきだって、素直に言えなかったんだよ」

　しばらく体を密着させたまま、口を吸ったり離したりした。タールグはレオナの体をくまなく触《さわ》り、撫《な》でて、満足そうに息を吐《は》いた。

「お前が笑っているとうれしいし、気持ちよさそうだと俺も気持ちがいい……」

とても満ち足りた気分だった。レオナの中に、しっかりとタールグがいる。タールグも下半身を動かさず、時折レオナの胸の先や脇腹《わきばら》や臍を指先で優《やさ》しくいじって、ただレオナの体を甘やかした。

次第に疼《うず》きが苦しくなってくる。くっと中にあるものを締めつけると、埋められたものも硬さと太さを増すのがわかった。

「ター、動いて」

レオナはうつぶせになった。その上からタールグがのしかかる。

厚みのある体とベッドにレオナの性器は押され、腰から快感が上がってくる。タールグは体を波打たせるように動かした。

「あぁっ……あぁっ……あぁっ……」

中をタールグの太いものが往復し、レオナは喘《あえ》いだ。思わず体がのけぞる。気持ちがいい。

舐め上げるように、レオナをいたわりながら丁寧に攻めてくる。次第に律動が始まり、レオナは顔を下げた。声が堪《こら》えきれない。

「あぁ、あ、ん、ンッ、いい、ああっ」

気持ちがよくて腰《こし》が溶《と》けそうだ。タールグは体を起こし、膝立《ひざだ》ちになると、レオナの腰を持

ち上げて尻を突《つ》き出させた。後ろから念入りに突かれ、レオナは背を反らせて激しい快感に身を浸《ひた》した。心からつながって、今までにないくらい頭も体もぐずぐずになっている。

「レオナ、レオナ……愛してる……」

腰を打ちつける、乾いた音がした。ぐちゅんぐちゅんと湿《しめ》った音もした。その合間に、好きだという声が延々と響《ひび》く。

「なぁ、俺が中に出すのは、お前だけなんだ……レオナ……」

夏の樹木のように、強い生命力にみなぎるものが、出ては入り、力強く奥に達する。

いつ自分が射精していたのかもわからないくらい、前から溢《あふ》れて垂れていた。ずんと奥を突かれて頭の中が真っ白になり、音が遠ざかる。

「んんアッ……」

レオナは雷《かみなり》に打たれたように達した。タールグのものが同時に脈動し、レオナの中に雨を降らせて種をまく。声が出ていることもわからず、レオナはただ絶頂に包まれた。

◆

春の芽吹《めぶ》きの季節を迎《むか》え、レオナは離宮《りきゅう》の庭で記録用に大麦の子葉の絵を描《か》いていた。

砂糖大根の芽出しは、レオナの手を離れてかなり大規模に行われている。昨年の方法がうまくいったから、タールグの指示で、いよいよ国をあげて行うようになったのだ。

レオナは今年から、水はけの悪い土地でも育つ大麦を育てられないかと挑戦《ちょうせん》しているところだ。絵をチラリと見た護衛官のイーサンが「お上手ですね」と声をかけた。

「そ……そうかな？」

ちょっと声が上擦《うわず》ってしまった。何しろ、レオナがペンを執《と》ったもので、他人から褒《ほ》められるのは初めてのことだ。

「前よりも、とてもバランスよく描けている感じがして……。あ、いえ、前がお上手でなかったというわけではありませんが」

イーサンが頭を掻いて、助け船を求めるように通訳のガーフを見た。

「ええ、殿下《でんか》は外国語も絵も、習得されるのがお早いです」

レオナは葦《あし》ペンを持ったまま、ポンッと手を打った。

「あぁ、ガーフがまとめる時、いろいろ指摘《してき》してくれるからかもしれない。この葉はこんなに大きくないはずだとか、ここがちょっと変だとか」

イーサンは、なるほどとうなずきながら通訳を見た。レオナが眼《め》を輝《かがや》かせる。

「ガーフは陛下にも外国語を教えてた、すごい人なんだよ。五歳の時から知ってるんだって。必要なことを、ちゃんと言える人なんだよ」

「いいえ、私はたいして、何も」

通訳は目をしょぼしょぼさせて、くしゃっと笑った。

「ガーフ、もし疲《つか》れたら屋敷《やしき》の中で休んで」

レオナが声をかけると、ガーフは深く頭を下げてその場を辞去した。

護衛兵の一人がイーサンのもとにやってきて、何事か耳打ちをする。イーサンはうなずき、

「ちょっと敷地《しきち》周辺を見てまいりますので」と言って、護衛兵数名をこの場に残して庭のほうへ歩いて行った。

入れ替《か》わりに、屋敷の中から付き人のケイジがやってくる。その手には、ついこの間送られてきた、ハルイからの手紙があった。

「レオナ様、こちらのご返信はどうなさいます？」

「あっ、この芽の記録を返信に入れようと思ってたんだ」

レオナは、手元の絵をケイジに見せた。

手紙によれば、ハルイの領地没収《ぼっしゅう》は保留となり、今は王命によりカリアプトへの街道《かいどう》整備を進めているらしい。

城での協議に進展はなかったものの、ユクステール王はカリアプト皇帝《こうてい》と書簡でのやりとりを重ねた。その結果、少数民族の申し入れを皇帝が棚上《たなあ》げにしたことに一定の敬意を払《はら》うとして、山岳《さんがく》地帯の自治が黙認《もくにん》されたのだ。そして王は、大司教や枢機卿《すうききょう》らの大反対を押し切り、王族としては初めて王妃《おうひ》と離婚《りこん》した。

タールグの異母妹《いぼまい》である元王妃はカリアプトに帰され、不当に戦《いくさ》を起こそうとした罪で、北方の国境砦《とりで》近く、山岳地帯にある屋敷に幽閉《ゆうへい》されている。

「そういえば、こっちでは街道の整備が止まってるって前に陛下が言ってたけど……」

「この前新たな国土開発大臣が任命されましたので、また再開できると思います」

「そっか、よかった。大臣が急にユクステールに行っちゃったって聞いて、心配してたんだ。なんで出ていったんだろう」

ケイジはにこやかにレオナを見ていたが、何も言わなかった。

「……ケイジって、アッバス大臣にすごく似てるよね」

「えっ、そうですか？　初めて言われました」

「顔じゃなくて、表情とか雰囲気《ふんいき》が似てる」

ケイジはしばらくレオナを見つめて黙《だま》っていたが、小声で囁《ささや》いた。

「レオナ様、これは陛下にも明かしていないことなので、他言しないでいただけるとうれしいのですが、実はマキ・アッバスは私の兄です。腹違《はらちが》いの」

レオナは目をしばたたいた。

「妾腹《しょうふく》の自分を困窮《こんきゅう》から救ってくれたのが、兄です」

「あ……そうなんだ。ケイジはお兄さんと仲良くていいね。僕は疎《うと》まれてるからな」

「……大変申し訳ありません。自分のことばかり」

ケイジが心底済まなそうな顔をして謝るので、レオナは慌《あわ》てて言った。

「兄のことはもう気にしてないよ。昔は気にしてたけど、結局王位に絡《から》む関係だからだって、陛下に言われて楽になった」

これまで、自分の出来が悪いからとか、王族としてダメな人間だからとレオナは考えていた。そういうレオナの呪縛《じゅばく》を解いたのは、タールグだった。

兄はレオナがどう思おうが構わず、こちらの権利を脅《おびや》かす。そんな人間に情をかけなくたっていいのだとも割り切った。よいところを無理に探したりもしない。

別に誰《だれ》も彼も好きでいる必要はないし、相手を責めてもいい。そういうタールグの視点はレオナにはないもので、窮屈《きゅうくつ》だったレオナの世界はまた広がった。

その時、入り口が少し騒《さわ》がしくなり、レオナは目を向けた。タールグが珍《めずら》しく午前中に離宮へとやってきたらしい。ケイジが一礼し、その場を離《はな》れる。

タールグは険しい顔でレオナの前に立った。

「レオナ、ユクステール王が倒《たお》された。さっき、ハルイから緊急《きんきゅう》の知らせが来た」

その言葉に、レオナは耳を疑った。

「誰が……」

「王の大叔父《おおおじ》。ラディ卿《きょう》だ。お前の弟、第四王子も王と共に亡《な》くなったそうだ。第五王子がハルイの城に逃《に》げて来る途中《とちゅう》らしい」

末の弟の第五王子は遅《おそ》くできた子で、まだ八歳だ。

「ハルイから、王位を簒奪《さんだつ》したラディ卿を倒すと連絡《れんらく》があった。手を貸してほしいと。要請《ようせい》を受け、ハルイ王子に兵を貸す」

「そんな……」

ラディ卿が兄の離婚に強く反対していたらしいとは、タールグを通じてハルイから聞いていた。また、少数民族の自治にもだ。

「ハルイは賢明《けんめい》な判断をした。あいつの力では、ラディ卿率いる軍には勝てない。ハルイは俺に、正式に後援《こうえん》の申し入れをしてきた。見返りは、山岳地帯の割譲《かつじょう》だ。だが俺としては後々の紛争《ふんそう》の種にしたくないから、割譲は受けない。あのあたりの自治を認め、あらゆる強制をしないと、アキ族族長を交えて急ぎ三者協約を結ぶ。ユクステール側がこれに違反《いはん》した場合、カリアプト領になると。これで、反体制側もハルイにつく。こちらへの見返りとして、ハルイがユクステールを統一した場合、農産物の貿易を無関税で行うことを約束させる」

レオナは大きく息を吐《は》いた。兄を好きでいる必要はないと思っていても、いざいなくなるとショックだった。

「……大丈夫《だいじょうぶ》か？　レオナ」

タールグが心配そうに言って、肩《かた》に手を置く。レオナは一度目をつぶって息を吐くと、しっかりとタールグを見つめた。

「大丈夫」

これまで見えていなかっただけで、自分がいたのは、もともとこういう不安定な場所だったのだ。王族とは、国の中枢《ちゅうすう》にいるとは、そういうことだ。でも今は、ぐらぐらなんてしない。この足で、このカリアプトの大地に立つことを決めたから。

タールグと同じように、清濁《せいだく》を併《あわ》せ呑《の》む。

「ハルイは……ラディ卿を、倒せるでしょうか」

「オルガ将軍をまずは派遣《はけん》する。老いぼれ率いる重騎兵《きへい》に負けはしない。これから夏が来る。南の暑さの中で戦えるか、お手並み拝見といこう。北へ逃げるなら、俺自身が指揮を執り、挟《はさ》み撃《う》ちにする」

「そんな、それじゃタールの身が……」

タールグは少し顎《あご》を上げ、覇気《はき》に満ちた顔で微笑《ほほえ》んだ。

「俺を誰だと思っている？　十五の時から戦の世界で生きて、ここまで来た。あのじいさんが私腹を肥やして、使うあてもない兵を鍛《きた》えている間、俺は実戦で軍をまとめ上げてきたんだ」

軽騎兵と銃《じゅう》兵を中心としたカリアプトの最新部隊は、常にユクステールの脅威《きょうい》だった。

「もし最悪、ラディ卿がユクステールを制したとしても、カリアプトに攻め入《せ》るほどの体力は残っていないだろう。もしそうなれば、弟たちを亡命させる。だが泥地《でいち》の魔神《まじん》と呼ばれているあの将軍に、夏の戦で勝てるとは思えないがな」

レオナは力強くうなずいた。ハルイが無事で、タールグがこの国を治めていられるなら、それでいい。

「ターを、信じます」

その言葉を聞いたタールグは、ふと深くうつむいた。しばらくそのまま黙り、それから何かをふっきるように、顔をぱっと天に向けて言った。

「レオナ、さっきも言ったが、俺は、ずっと戦の世界にいた。お前がいなければユクステールをこの混乱の合間に攻め、カリアプト領にしていたと思う。でもそれにはもう興味がないんだ」

タールグが顔を戻《もど》し、煉瓦《れんが》が一面に敷《し》かれた場所に視線を移した。そこには、種をまいた小さな鉢《はち》がたくさん並んでいる。

「これからは俺の国を……一緒《いっしょ》に豊かにしていってほしい。この国に加わって、お前の力で変えていってほしい。この国を、お前と俺の子として、育ててほしい」

レオナは言葉を失った。

それはほとんど、自分との同化を求めるものだった。自分だと思うと言っていたこの国にレオナを迎《むか》え、そうして彼は、彼自身を変えて、新しいものを生み出そうとしている。

空と大地の間にタールグがいる。周りを囲むのは、緑に萌《も》える木々。足元には、今まさに芽《め》吹《ぶ》く種たち。

レオナの世界が整頓《せいとん》されていく。

あるべきものがあるべきところに、ぴたり、ぴたりとはまって、整っていく。レオナの世界も、新しく力強く生まれ変わる。

「俺は……お前とすべてを分かち合うから、だから俺を、お前の世界に入れてくれ」

タールグがこちらを振《ふ》り返った。泣きそうな顔をしていた。

「僕の世界……」

「あぁ。この庭みたいな、緑の世界」

春の風が柔《やわ》らかく吹《ふ》き、土の匂《にお》いを運んでくる。

レオナは優《やさ》しくうなずいて、タールグを抱《だ》きしめた。

◆

ユクステール王国で起きた内乱は、先王の弟が勝利を収め、ハルイ＝ナジク・ユクステールが第十五代ユクステール王として即位《そくい》した。

その三十年後、カリアプト帝国《ていこく》は帝政を廃《はい》して共和制となったが、建国の祖である初代皇帝《こうてい》、タールグ・マト・カイリアークと、皇帝を支えて共和制設立に尽力《じんりょく》したレオナ王子の名は、後代まで長く語り継《つ》がれたという。

あとがき

こんにちは。佐竹笙《さたけしょう》と申します。このたびは拙著《せっちょ》をお手にとってくださり、ありがとうございます。

今回は両視点で交互《こうご》に語っていく形式になりました。受けの視点だけだと、国同士のかけひきの部分が書きにくいのでこうなったのですが、攻めの視点を書くのはとても楽しかったです。

また、受けが独特な人なので、自《おの》ずと比喩《ひゆ》表現や心情描写《びょうしゃ》も他《ほか》の話と比べて独特なものになりました。こういうのは考えて決めているものというよりは、流れの中ですーっと出てくるもので、自分でも「今回はこういう感じかぁ」と楽しんで書きました。

タールグは小さいころから苦労の人生を歩んできたので、本人も自覚できないくらい深く疲《つか》れているんでしょう。レオナに会えて、癒《いや》されてよかったねと思います。

そんなタールグの癒しの日々は、2本の特典SSに書かせていただきましたが、デッサンが狂《くる》ったのでは（文章だけど）というくらいタールグが甘々でろでろになりました。自分では、結構気に入っています。

美しいイラストを描《えが》いてくださった森原八鹿《もりはらようか》先生、どうもありがとうございました。タールグがかっこいいし、レオナはかわいいし、カバーラフとキャラクターラフを拝見したときは疲れも吹《ふ》き飛ぶ感じでした。絵によって、登場人物が何倍にも素敵《すてき》になったと思います！

今回も、担当さんにはいろいろとお世話になりました。また、この本に携《たずさ》わってくださったすべてのみなさまに、この場を借りてお礼申し上げます。

そして、この本を読んでくださったみなさまに、深く感謝いたします。

佐竹　笙

★ツイッターでもSSなどをアップしています。創作に関することしかつぶやかないので、あまり頻度《ひんど》は高くありませんが、フォローしていただけたらうれしいです。

@shosoukan

KADOKAWA RUBY BUNKO

冷酷《れいこく》な覇王《はおう》の予期《よき》せぬ溺愛《できあい》
佐竹《さたけ》 笙《しよう》

角川ルビー文庫　23398

2022年11月１日　初版発行

発行者——山下直久
発　行——株式会社KADOKAWA
〒102-8177　東京都千代田区富士見2-13-3
電話 0570-002-301（ナビダイヤル）
印刷所——株式会社暁印刷
製本所——本間製本株式会社
装幀者——鈴木洋介

●お問い合わせ
https://www.kadokawa.co.jp/ （「お問い合わせ」へお進みください）
※内容によっては、お答えできない場合があります。
※サポートは日本国内のみとさせていただきます。
※Japanese text only

ISBN978-4-04-112905-0　C0193　定価はカバーに表示してあります。

　◇◇◇